八男？別鬧了！

Y.A

Kadokawa Fantastic Novels

彩頁、內文插圖／藤ちょこ

CONTENTS

八男？別鬧了！⑧

序章　艾爾的愛情日記

「（天使！有天使啊！）」

「我叫卡露拉·馮·布洛瓦。請問貴姓大名？」

就在布洛瓦藩侯家與布雷希洛德藩侯家之間爆發紛爭，害鮑麥斯特伯爵家也被捲入這場騷動時。

我邂逅了天使，並在有生以來首次墜入情網。

就在羅德里希先生開始擔心兩家間的紛爭可能演變成長期戰時，鮑麥斯特伯爵家發生了一起爆炸性的事件。

布洛瓦藩侯家的千金卡露拉小姐，居然獨自前來交涉。

她沒帶任何隨從，直接孤身和現為鮑麥斯特伯爵的威爾交涉。

與這毅然的態度極不搭調、美麗又楚楚可憐的外表。

以及漂亮到彷彿能將人吸進去般的長黑髮。

包含威爾在內的許多人，都對她的美麗抱持警戒。

這也是理所當然。因為大家都認為可愛的她想誘惑威爾，並藉此取得鮑麥斯特伯爵領地的開發特權。

「我還是盡量避免跟她接觸比較好。」

身為鮑麥斯特伯爵家的當家，威爾必須顧及自己的立場，何況以艾莉絲為首，他已經有許多未婚妻了。

威爾本人看起來不怎麼好女色。因為是珍貴的魔法師，所以他從預備校時期開始就廣受女性關注，但除了伊娜和露易絲這兩名同隊伍的成員以外，他幾乎沒和其他女性說過話。

以威爾的年齡來說，他算是非常老成……按照威爾的說法，他只是順應情勢，未婚妻的數量就持續增加。

或許是擔心事情變成這樣，羅德里希先生要威爾別接近卡露拉小姐。

這對我來說正好。

為了認識卡露拉小姐，我立刻攬下擔任她的護衛兼監視者的工作。

幸好我有正當理由。

即使是企圖在鮑麥斯特騎士領地掀起叛亂的布洛瓦藩侯家的女兒，卡露拉小姐畢竟還是光明正大地來見威爾，因此她的身分與立場等同於特使，若有家臣對她口出惡言，將會造成問題。

所以需要有人擔任她的護衛兼監視者。

為了維護威爾作為貴族的評價，有必要保護卡露拉小姐的安全，而且這樣我也有理由待在她的身邊，可說是一石二鳥。

只要待在卡露拉小姐身邊，就有機會和她說話。現在只要和卡露拉小姐有關，不管什麼樣的情報我都想要。

然後，我是守護卡露拉小姐的年輕騎士……嗯，這名號真不錯。實際上，我的確是由現為鮑麥斯特伯爵的威爾任命的陪臣騎士，所以這麼說也沒錯。

雖然我平常的工作是保護威爾，但我現在的工作是保護愛慕的貴族千金。

卡露拉小姐是布洛瓦藩侯家的千金，所以是貨真價實的貴族千金。

「威德林先生，交給他真的沒問題嗎？」

「艾爾至今一直都有好好完成任務，所以沒問題啦。」

雖然卡特琳娜似乎非常不信任我，但我才不會幹那種野蠻的蠢事。

因為我立誓要和卡露拉小姐變得親密，然後一定要找機會向她告白。

就這樣，我被任命為卡露拉小姐的專屬護衛。

「是的，我也去過那間店幾次。雖然因為價格昂貴，所以只有狩獵的成果非常豐碩時才會去。」

「那間店的瑪芬蛋糕很好吃呢。」

「嗯，我喜歡有加核桃的口味。」

「我最喜歡的，應該是有加葵花籽的口味。」

「那個也很香很好吃呢。」

雖然我開始擔任卡露拉小姐的護衛，但工作本身並不困難。

我本來以為會有同僚找卡露拉小姐麻煩，但大家都忙著開發領地、組織鮑麥斯特伯爵家臣團或擴大警備隊的規模，完全沒人來找她。

實際開始護衛後，就會發現大家根本沒那個閒工夫。

我當然因此變得很閒，並趁工作的空檔和卡露拉小姐聊了許多事。

我本來還有點擔心卡露拉小姐會不會像一般的大貴族千金那樣——這裡不是指像卡特琳娜那樣的假貴族——對我擺出大貴族特有的傲慢態度，但其實卡露拉小姐是在約一年前，才突然被布洛瓦藩侯認領。

她的母親是貧窮騎士的女兒，所以卡露拉小姐在被認領之前，都在王都過著和我們差不多的生活。

「父親只提供最低限度的資助。」

只是騎士爵家的班卡家一直努力想獲得官職，所以當初在得知自己家的女兒，也就是卡露拉小姐的母親被布洛瓦藩侯看上時非常高興。

班卡家認為像那樣的大貴族，應該能輕易替他們介紹職缺。

此外或許還有可能讓親戚成為布洛瓦藩侯家的家臣。

然而在卡露拉小姐出生後，布洛瓦藩侯並沒有認領她。

對方畢竟是實力雄厚的大貴族，無論班卡家再怎麼抱怨都不可能有用。

他們只能忍氣吞聲，原本備受期待的女兒和她生下的孫女也被當成食客看待。

同為貧窮騎士之子，我不難想像那樣的處境有多難過。

「雖然生活貧困，但至少比較輕鬆，所以我寧願留在班卡家。最重要的是，那裡不會有人管我。」

卡露拉小姐笑著說現在的生活太過拘謹，讓她覺得很辛苦。

我一開始聽她這麼說時，還覺得有點遺憾。我真希望能在她還住在王都時就遇見她。

實際和她說過話後，我愈來愈覺得她是個直率又溫柔的人。

她總是很感興趣地聽我說話，並以笑容回應我偶爾穿插的笑話。

「欸——！真的嗎？艾爾說的話有時候會讓人覺得無法相信。」

和露易絲不同，卡露拉小姐非常擅長傾聽，但又不失與布洛瓦藩侯家千金相符的優雅。

卡露拉小姐和我至今認識的所有女性都不同，也難怪我會喜歡上她。

這一定就是所謂命運的邂逅。

「不好意思，總是麻煩你陪我散步。」

「沒關係啦，這也是我的工作。」

光是和卡露拉小姐一起散步，就能讓我的內心獲得撫慰。

儘管我們兩人之間的關係遲遲沒有進展，但好處是就連這種焦躁都讓我覺得愉快。

雖然日子過得很充實，不過還是有件事情讓我掛心。

那就是我和卡露拉小姐之間的身分差距。

即使原本是騎士爵家的女兒，現在的卡露拉小姐仍是布洛瓦藩侯家的千金。

雖說我們同樣出身貧窮騎士爵家，但她的身分和我這個陪臣騎士還是不同。

這個身分差距，就是阻礙我戀情的最大障礙。

儘管和她在一起時很開心，但一個人時只要一想到這件事，就讓我感到憂鬱。

簡直就像是身陷無法脫離的迷宮，不過卡露拉小姐的一句話，成了打破這個狀況的契機。

「為什麼布洛瓦藩侯家的人不肯放我自由呢？」

卡露拉小姐突然在我面前如此嘟囔。

她難得悲傷地發出柔弱的聲音，彷彿是在向我求助。

卡露拉小姐不想當布洛瓦藩侯家的千金。

她想變回班卡家的女兒。她似乎也有和威爾提起這件事，為了解決這個問題，威爾決定按照克勞斯的建議出兵。

「雖然要實際嘗試過後才能知道結果，但應該有機會成功吧？」

威爾愧疚地對我說道。他明明是伯爵大人，有時候卻莫名地體貼。

他一定是因為理解我的心情，才會決定出兵。

那我能做的就只有一件事——努力讓鮑麥斯特伯爵家在紛爭中獲勝，掌握和卡露拉小姐在一起的機會。

雖然希望非常微薄，但我還是決定賭上一切參戰。

儘管我因為這些原因參加紛爭，但那對我來說，是段快樂的日子。

為了裝出仍在和威爾交涉的樣子，卡露拉小姐決定與我們同行。

而且不好意思什麼都不做的她，還和艾莉絲她們一起幫忙處理做飯和洗衣等雜務。

「艾爾先生，你那裡有髒衣服嗎？我要拿去洗。」

「艾爾先生，今天的燉菜還合你胃口嗎？」

卡露拉小姐每天都會因為一些事情來向我搭話。

看在他人眼裡，我們這樣簡直就像是真正的夫妻。

如果能和她結婚，我一定每天都會過著像這樣快樂的日子。

「我開始有幹勁了！」

拜此之賜，我也做了許多努力，因為我想表現給卡露拉小姐看。

我率領軍隊前往爆發小規模紛爭的地區，俘虜敵兵和貴族——雖然用魔法麻痺敵軍將他們一網打盡的人是威爾。後來我魯莽地參加單挑，挨了威爾一頓罵，但因為我贏了那場決鬥，所以應該有給卡露拉小姐留下好印象。

「卡露拉小姐，妳為什麼打扮成那樣？」

「為了避免被敵軍發現真正身分，我向露易絲小姐借了這套衣服。艾爾先生，好看嗎？」

卡露拉小姐向我展現她的女僕打扮，難為情地說道。

好看！非常好看！露易絲偶爾也會做些好事嘛。

不過為什麼露易絲會有女僕服？

雖然這不重要。

既然已經看過卡露拉小姐打扮成女僕的樣子，不曉得之後艾莉絲會不會借她修女服。不過艾莉絲個性認真，應該不會這麼做吧。

「艾爾先生進步很多了呢。」

「這都是多虧了卡露拉小姐。」

其實卡露拉小姐也是弓箭高手。

我們幾乎每天早上都會一起練箭，我的箭術也因此變好，真是可喜可賀。

聽說她的興趣是狩獵。雖然我狩獵主要是為了生活，但我原本就不討厭狩獵。

興趣相同，能夠一起享受的夫妻啊。

因為我也有以冒險者的身分活動，所以就算讓卡露拉小姐一起參加也很正常。

「威德林大人，餐點準備好了。」

「威爾，我幫你削了蘋果當點心。」

「威爾，來，啊——」

「威爾大人，我們一起吃飯吧。」

雖然是勢所必然，但威爾總是在未婚妻們的圍繞下開心狩獵。

羡慕歸羡慕，但要是我也能帶卡露拉小姐一起去狩獵……嗯，那樣的生活感覺還不壞。

卡露拉小姐應該不會礙手礙腳，而且她和艾莉絲她們也處得很好。

這些偶然，簡直就像是上天刻意要讓我們相遇。

不對，是必然吧。

「真是段快樂的日子。即使紛爭就這麼持續下去……」

「雖然兩位相處融洽是件好事，但如果不讓紛爭結束，你們就無法結婚。」

只是我似乎有點太得意忘形，所以克勞斯警告了我一下。

雖然對我來說，這是段能用來確認我和卡露拉小姐的感情加深的美好日子，但也不是完全只有好事。

「要是失敗，我會背著你逃跑。」

「這部分就交給艾爾了。」

在認識威爾後，我們曾一起面對過骸骨龍、老屬性龍、龍魔像，以及貴族與其軍隊，但這次終於被捲入遭一萬大軍攻擊的意外。

正常來講，這應該是令人絕望的危機。即使是威爾也不見得能跨越。

就算有布蘭塔克先生和卡特琳娜幫忙，為了預防失敗的情況，我還是開始做逃跑的準備。

雖然卡露拉小姐也露出不安的表情，但我也必須好好保護她。

這並非基於專屬護衛的義務，而是為了守護喜歡的女性。

在保護威爾的同時，我也要保護卡露拉小姐。

雖然這是個困難的任務，但要是這時候不好好努力，我還算是個男人嗎？

「卡露拉小姐也放心吧。」

「好的。」

卡露拉小姐是個堅強的人，但身為女性的她，應該還是會感到不安。

這是理所當然的事情。所以我才必須好好努力。

最後威爾他們的魔法成功奏效，讓我們的擔心全都白費了，但看見卡露拉小姐因為布洛瓦藩侯軍的夜襲失敗而露出鬆了口氣的表情時，我變得更想守護她了。

之後也發生了許多事。

雖然只要和威爾在一起，沒發生什麼事還比較稀奇，但卡露拉小姐應該還不習慣。

我必須保護她才行。

儘管最後我們總算開始和布洛瓦藩侯家交涉，但布洛瓦藩侯家的兩位候補繼承人都盯上了威爾。

為了撮合威爾和卡露拉小姐，他們打算邀威爾參加餐會並趁機說服他。

雖然威爾只覺得麻煩，但我在擔任威爾的護衛時，內心其實非常不安。

畢竟要是出了什麼差錯，威爾和卡露拉小姐的婚事還是有可能就這樣定下來。

「……哥哥他們一點都沒變。明明我絕對不可能成為鮑麥斯特伯爵大人的妻子……」

告訴卡露拉小姐餐會上發生的事後，她嘆了口氣。

不過她不想成為威爾妻子的決心還真是堅定。

她該不會已經有心上人了？

……咦？對象該不會是我吧？

或許有機會成為卡露拉小姐丈夫的我，怎麼能感到不安呢。

「卡露拉小姐，請妳放心吧。那種事情絕對不會發生。」

「說得也是。既然艾爾先生這麼說，那一定就是這樣。」

能看見卡露拉小姐的笑容，讓我感到無比幸福。

之後只有鮑麥斯特伯爵家獨自脫離交涉，威爾開始準備攻克從布洛瓦藩侯家那裡取得的赫爾塔尼亞溪谷。

「艾爾先生作為冒險者也非常活躍吧，真是厲害。」

「哎呀，妳過獎了。」

我在赫爾塔尼亞溪谷面對的對手不是人類，而是岩魔像，所以相對比較輕鬆。

儘管敵人數量眾多，但威爾已經事先擬好作戰計畫，因此不必勉強應戰。

我靠花大錢買來的奧利哈鋼劍與至今辛苦學會的劍術，將來襲的岩魔像接連砍倒。

雖然箭術比不上卡露拉小姐，但我對自己的劍術有自信。

她一定正在後方看我大展身手。

回去休息時，卡露拉小姐學威爾將鹽和砂糖加進水裡，連同擦汗用的毛巾一起交給我。

「你的劍術真是精湛。」

「不，人外有人，天外有天啊。」

驕傲不是件好事，但能被卡露拉小姐稱讚還是讓我很開心。

我在補充水分時如是想著，卡露拉小姐用毛巾替我擦汗。

「艾爾先生，要好好把汗擦乾才行喔。」

「（喔——！我的人生毫無悔恨！）」

這讓我確信一件事。

那就是卡露拉小姐也喜歡我。

所以她才想脫離布洛瓦藩侯家。

「太過自信是大忌。」

薇爾瑪還是一樣馬上就來潑冷水，但這對現在的我沒用。

畢竟卡露拉小姐可是願意替我擦汗呢。

而卡露拉小姐在赫爾塔尼亞溪谷解放後對威爾提出的建議，讓我更加確信這點。

除了那兩個哥哥以外，布洛瓦藩侯還有第三個候補繼承人。

卡露拉小姐打算推舉那個人當繼承人，再讓他協助自己脫離布洛瓦藩侯家。

她至今一定都是在醞釀這個計畫。

這也是為了和認識以後關係逐漸加深的我結婚。

她是個美麗又聰明的妻子。結婚後，我們應該會成為一對好夫妻。

就這樣，我們從解放後的赫爾塔尼亞溪谷搭飛船前往布洛瓦藩侯領地。

雖然我只能擔任護衛，但威爾和卡露拉小姐一起推舉新布洛瓦藩侯，讓持續進行醜陋競爭的布洛瓦兄弟失勢。

卡露拉小姐也因此被在紛爭中去世的布洛瓦藩侯的正妻──那種傢伙直接叫她臭老太婆就行了──辱罵了一頓，雖然吃了不少苦頭，但最後卡露拉小姐總算獲得自由。

然後順利被布洛瓦藩侯家除籍的卡露拉小姐，回到位於王都的老家，而她這次似乎打算來鮑爾柏格拜訪我們。

「魔導飛行船的船票並不便宜，她這次來應該是有什麼重要的事情吧。」

艾莉絲說得沒錯。

回到王都平穩度日的她，特地跑來鮑爾柏格的理由。

這一定是為了我。

其實應該由我去迎接她才對，但身為鮑麥斯特伯爵家的家臣，我平常十分忙碌。

並不是只要磨練劍術和保護威爾就行了。

我還必須學習如何指揮警備隊，以及在出事時以諸侯軍指揮官的身分行動。

開始定期接受這些教育後，我變得愈來愈忙。

聰明的卡露拉小姐一定是在體諒我的處境。

「唉，要怎麼想是個人自由……」

哈哈哈！卡特琳娜這傢伙！

別小看我和卡露拉至今累積的時間。

雖然其他局外人都在討論卡露拉小姐有沒有戀人，但要是她真的有那種對象，怎麼可能還特地跑來找我。

我要讓他們知道在我們兩人堅強的羈絆面前，無論什麼樣的阻礙都毫無意義。

今天的天空非常晴朗，就連天氣都在祝福我們。

就在我這麼想時，卡露拉小姐從剛抵達的魔導飛行船走了下來。

不再是布洛瓦藩侯家千金的她，穿著下級貴族的女孩常穿的洋裝。

卡露拉小姐打扮成這樣也很漂亮。

甚至讓人覺得更加親近。

「各位，好久不見了。」

卡露拉小姐發現我們後，向我們打招呼。

「我要結婚。」

威爾一問她接下來有什麼打算，卡露拉小姐就乾脆地回答自己要結婚。

看吧，一切都跟我想的一樣。

她果然是為了和我結婚才來這裡。

然後……

「妳要結婚啊。恭喜妳。」

要是這時候慌張，讓她覺得我不夠穩重就不好了。

應該要徹底冷靜地對應。

因為卡露拉小姐馬上就會說出我希望的答案。

「是誰這麼幸運能和卡露拉小姐結婚啊，他是什麼樣的人？」

對象當然是我，在戀愛故事裡，這種對話是固定橋段。

卡露拉小姐也是個憧憬戀愛的女性，所以必須重視這種場面。

「那個人……」

卡露拉小姐開始描述結婚對象的特徵。

對方比她小一歲，其他特徵也都和我符合。

這表示……

「請一定要將他介紹給我們認識。」

「介紹啊……」

「卡露拉小姐，怎麼了嗎？」

卡露拉小姐露出有些困擾的表情，但不管什麼樣的卡露拉小姐都很可愛。

「是的，其實那個人就在我身邊……」

「在妳身邊？」

「是的，就在我的眼前。」

眼前，也就是我。太好啦！我的戀愛實現了。我感覺自己的內心正逐漸被喜悅填滿。

不過現在還不能焦急。

「在妳的眼前嗎？」

「是的，那個人就在我的眼前。我是為了和他結婚，才脫離布洛瓦藩侯家。雖然我現在只是個私生子，但你願意接受我嗎？」

卡露拉小姐以有些不安的表情向我問道。

要是讓她擔心就不好了。因此我也坦率地向她傳達自己的心情。

「好的，我很樂意！這個世界上再也找不到像妳這麼棒的女性。我的眼裡只有妳一個人。」

我終於能向卡露拉小姐告白自己的心意了。

「我好高興。艾爾先生，我也對艾爾先生……」

這樣就能確定我們是兩情相悅了。再也沒有任何事物能阻礙我們兩人。

我有生以來，從來沒這麼高興過。

「卡露拉小姐……不，卡露拉。」

「艾爾先生，親愛的。」

兩情相悅的我們，再也不需要用敬稱稱呼彼此。
我直接叫她的名字……她則是叫我「親愛的」啊。雖然感覺有點太操之過急，但反正再過不久就會變成事實。
「卡露拉，快點和威爾商量，決定婚禮的日期吧。我這次就不參加相親大會了。我想過一段只有我們兩人的生活。」
將來我似乎得娶好幾名妻子。
舉辦相親大會，有一部分也是為了這個目的，但我和卡露拉好不容易才確認彼此兩情相悅，現在還是和她共度的時間比較重要。
「親愛的，這樣真的沒關係嗎？」
「妳放心，我會去向威爾說明。」
身為卡露拉的丈夫，這必須由我來通知威爾。
我覺得先過一段只有我們兩人的生活也不錯。
畢竟我們還年輕，接下來才正要一起度過幸福的夫妻生活。
我的初戀終於實現了！

第一話　相親大會

「……」

「那個，伊娜。」

「有什麼問題就直接問吧。」

相親大會召開日的早上。

伊娜帶了一本日記過來，但內容實在讓人不曉得該怎麼反應……

我對那個和我一樣潦草的筆跡有印象。

那一定是艾爾寫的日記。

而最近的記述，實在是慘不忍睹。

在艾爾的心裡，他似乎認定自己和卡露拉小姐的戀情已經實現。

從那天以來，艾爾已經有三天沒回到現實世界，但在他目前待的世界裡，他和卡露拉小姐似乎已經確定會結婚，並融洽地生活在一起。

只要不從夢裡醒來，艾爾就能過得非常幸福吧。

「居然把日記當成創作在寫……」

內容停留在三天前，之後日記就再也沒更新。看來即使是艾爾，也沒餘力繼續將他妄想的和卡露拉小姐的生活寫下來……

「伊娜小姐，不可以擅自偷看別人的日記。就算不是貴族，這麼做也太失禮了。」

個性意外認真的卡特琳娜，指責伊娜不應該擅自觀看日記的內容。

「這我也知道，不過我是在官邸的走廊上撿到的。即使想物歸原主，也必須先看過內容才能確認所有者是誰。」

「他把日記弄丟了嗎？」

因為很難為情，所以正常人應該不會帶著日記到處走。

但現在的艾爾已經徹底陷入痴呆狀態。

即使弄丟日記，也沒什麼好奇怪的。

「那就沒辦法了。話說艾爾文先生什麼時候才會恢復原狀？」

「不知道。」

雖然好像有能夠治療精神病的治癒魔法，但可惜我不會使用。

除非有好好學過和心理學與心理治療有關的知識，否則就算使用這種魔法也不會有效。

我前世完全沒研究過這個領域，在這個世界也很難取得和心理治療有關的書籍。

因為生活沒什麼餘裕，所以還是以治療看得見的傷口和疾病為優先，醫生和學者的研究也偏向這些領域。

「吶，艾莉絲有想到什麼可能有效的治癒魔法嗎？」

看來就連露易絲也開始擔心起來了，她詢問艾莉絲有沒有什麼有效的魔法。

「針對精神的魔法，一個不小心可能會造成反效果。我也不會什麼厲害的魔法……」

艾莉絲的治癒魔法，也是專門治療看得見的傷口和疾病。

「可以先舉幾個例子嗎？」

「這個嘛……有能讓精神變高昂的魔法。」

根據艾莉絲的說明，好像有種對在戰場上看見同僚受傷或戰死、導致內心受創的人使用的魔法。

大概是有類似抗憂鬱劑的效果吧。

「用那種魔法會有危險嗎？」

「如果對健康的人使用，只會讓對方非常興奮，所以不怎麼危險，但若在戰場上使用，有些人可能會因此擅自出擊。」

就是變得過度激動吧。

「現在的艾爾到底算是沮喪，還是興奮呢？」

「誰知道？」

不只露易絲，就連我們也不曉得答案。

因為在那個世界和卡露拉小姐結為夫妻，所以艾爾現在或許很幸福。

雖然等清醒並重新面對現實後，或許會變得不幸，但要是一直讓他沉溺在幻想世界裡，也同樣很可憐。

而且怎麼想都是等年老後才恢復清醒面對現實比較不幸。

所以我抱著死馬當活馬醫的心態，請艾莉絲使用魔法。

「既然是因為失戀的打擊變成那樣，那艾莉絲的魔法應該多少會有點效果。反正這樣下去也會造成問題，可以請妳替他治療看看嗎？」

「說得也是。我試試看吧。」

艾莉絲接受我的請求，施展大家從未見過的魔法。

那個魔法，是用來治療沮喪的人。

既然有效範圍很廣，那應該不怎麼危險。

我推測那應該是類似內心營養劑的魔法。

「……」

「艾爾？」

「啊哈哈……卡露拉，今天的料理也很好吃呢。我得小心別因為吃太多卡露拉的料理而變胖呢。

話說我想要兩個兒子和一個女兒。」

「沒效呢……」

伊娜判斷艾莉絲的魔法沒有效果，我們也同意她的意見。

雖然沒有惡化，但也沒有改善。

「艾莉絲大人，試試看相反的魔法怎麼樣？」

「相反的魔法，是指讓內心平靜下來的魔法嗎？」

「嗯，大概那種感覺。」

既然有抗憂鬱的魔法，那應該也有類似抗躁劑的魔法吧。

艾爾在幻想世界過得太快樂，所以要用有點可怕的惡夢將他拉回現實。

「不過那魔法不會有危險嗎？」

要是沒調整好，可能會為艾爾帶來極大的心靈創傷，讓他更難返回原本的世界，所以我能理解伊娜的憂慮。

「在那之前，真的有那種魔法嗎？」

「嗯，有喔。」

「原來有啊。」

這好像也是在戰場上使用的魔法。

「戰況激烈時，王國和帝國的高層往往會有很多人變得好戰……」

雖然有些貴族必須出兵好幾次，不過對那些領地未與敵國鄰接、沒有直接利害關係的貴族來說，戰爭的勝負根本無關緊要，比起危險性高的隨軍人員，教會也更重視一般信徒。

「於是便開發出能讓貴族與士兵們產生例如『不曉得故鄉有沒有發生什麼壞事』的思鄉之情與不安，或是讓貴族產生『要是這場戰爭慘敗怎麼辦？趁現在撤退至少還不算輸』這種念頭的魔法。」

換句話說，就是讓對方陷入負面思考，產生厭戰之心吧。

居然連這種魔法都有，魔法真是深奧。

「如果好好運用，或許會是很方便的魔法。」

儘管效果樸實，但畢竟是影響人心的魔法，視用法而定，或許能發揮極大的效果。

「我都不曉得有這種魔法。」

師傅留給我的書裡也沒有記載。

「因為只有聖魔法的使用者能夠使用，是教會的祕傳魔法。」

「使用這種祕密魔法沒關係嗎？」

「即使在戰場上大規模地使用，也頂多讓人產生想家的念頭。而且只要使用效果相反的魔法對抗，就能馬上化解。所以其實這個魔法沒那麼好用。」

按照艾莉絲的說明，如果想對敵軍全員使用這個魔法，就需要召集幾十名能使用聖治癒魔法的人。

如果能一開始就召集到這麼多治癒魔法師，那指揮官早就下命全面開戰了。

由於難以掌握使用時機，因此這算是失敗魔法。

「艾莉絲為什麼會學這種魔法？」

「會隨軍出征的治癒魔法師，都有義務學習這項魔法。因為是有點微妙的魔法，我本來以為一輩子都沒機會使用。」

所以一開始才沒用啊。

既然不曉得正確的效果，那感覺就像是拿艾爾做實驗，艾莉絲應該不太喜歡這樣吧。

「用效果輕微的就行了，可以請妳試試看嗎？」

「我知道了。」

艾莉絲再次對艾爾使用會影響精神……效果和剛才相反的魔法。

然後……

「唉，今天的工作真多。早點回家吃卡露拉做的晚餐吧。」

「「「「……」」」」

「威爾大人，某方面來說，這的確算是想家。」

「是啊……」

遺憾的是，不管使用哪種魔法，對艾爾幻想的與卡露拉小姐的新婚生活都沒什麼影響。

「那個……再用更強的魔法會有危險。」

「說得也是。」

要是隨便施展更強的魔法，害那個世界的卡露拉小姐死掉，艾爾的精神或許會崩壞，那只會讓狀況變得更糟糕。

「威德林先生，看來只能等他自然痊癒了？」

「很遺憾，也只能這樣了。」

卡特琳娜說得沒錯，我們已經束手無策了。

最後艾莉絲的魔法治療，以失敗告終。

「結果艾爾還是沒恢復。再過三個小時，相親大會就要開始了……」

「姑且不論布蘭塔克先生和崔斯坦先生，讓艾爾和前來參加相親大會的女性們見面沒問題嗎？」

我也在擔心和伊娜一樣的事情。

艾爾是我的好友兼重臣，許多來參加相親大會的女性，應該都將單身的他當成目標。

因為到時候他想選誰都行，所以我希望艾爾能早點清醒恢復正常，但我們已經束手無策了。

「既然如此，就直接把他押到相親會場吧。或許看見現實的女性後，他就會意外地立刻清醒。」

畢竟艾爾的個性還滿現實的。只要讓他見識到現實的美妙之處，或許他馬上就會忘記卡露拉小姐的事情。

「只要讓艾爾被許多女性包圍，他很可能就會清醒。」

「沒錯沒錯。」

露易絲說得沒錯……雖然是因為想不出其他方法，但我們最後決定採用逼艾爾參加相親大會的粗暴療法。

這當中也包含了艾爾是相親大會的招牌，所以不能讓他缺席這個理由。

然後相親大會，終於在已經完工八成以上的鮑麥斯特伯爵家領主館的寬廣中庭舉行。

之所以要舉辦這種活動，是因為包含貴族在內，這世界有許多人不是和父母決定的對象結婚，就是透過相親決定結婚對象。

當然也有人是透過戀愛結婚，只是地位愈高，就愈少人是如此。

王族和貴族的戀愛故事之所以暢銷，就是因為他們的戀愛是珍貴的特例。

比起個人，這世界更重視家門，所以會和對家族有益的人結婚。

我想起應該還活著的奶奶，曾說過以前的日本也是如此。

當時我只覺得那是「陳舊又不便的風俗」，但實際在這個世界生活過後，我也開始接受這種狀況。

如果鮑麥斯特伯爵家消失，許多人將因此無以維生，如果是為了維持這個家，那有些事情只能妥協。

根本沒有餘裕過那種只要當事人覺得好就無所謂，以個人為優先的生活。

而且許配制度其實也沒那麼壞。我就是因此才認識艾莉絲她們。

在這個世界上，有些人雖然是在經歷轟轟烈烈的戀愛後才結婚，但最後還是以離婚收場，也有些人雖然是透過相親結婚，但仍成為一對感情融洽的夫妻。

重點在認識之後，要如何維持良好的夫妻關係。

「卡露拉，妳不用擔心，我今天只是去擔任相親大會的警備人員……」

「看來他病得相當嚴重。我還是第一次見到失戀後打擊這麼大的人。」

「現在不是佩服的時候吧……」

「不過這也只能佩服了吧。」

在相親大會開始前現身的布蘭塔克先生，一看見仍置身夢中的艾爾，就露出放棄的表情。

他今天之所以來這裡，是因為也有許多布雷希洛德藩侯家的人來參加今天的相親大會。

他就像是那些人的領導人。

與鮑麥斯特伯爵領地鄰接的布雷希洛德藩侯領地，也因為開發產生的特需而變得十分忙碌，許多人因此獲得新的工作。

這麼一來，得到工作的人就會想要結婚，讓孩子繼承自己的職業。

然而現在的布雷希洛德藩侯家，並沒有時間替年輕的家臣們介紹結婚對象或安排相親。要是再讓行程變得更加緊密，或許會危害到布雷希洛德藩侯的健康。

「如果只有一兩個人也就算了，但人數實在太多了，我可沒那麼閒！」

於是便決定讓兩家共同舉辦相親大會。

「話說艾爾小子也要參加吧？以家臣來說，他算是占了一個不錯的位置。他現在還單身，應該有不少家族將他當成目標。那些人會幹勁十足地把女兒送過來。雖然艾爾小子看起來不像能注意到這些事……」

令人困擾的是，艾爾現在徹底沉浸在夢的世界裡，即使別人跟他搭話也毫無反應。

「不如說真虧他這樣還有辦法工作。」

布蘭塔克先生詢問他平常的狀況。

「他似乎有好好在工作。對吧？崔斯坦，湯瑪斯。」

我向站在艾爾旁邊的崔斯坦和湯瑪斯問道。他們也預定會參加今天的相親大會。

「是的，雖然平常一直都是這種感覺，但分派給他的工作都會俐落地完成，教他東西時也學得很快。」

「雖然他很優秀，但沒工作時一直都是那個樣子，感覺有點詭異……也有許多新人怕他。」

崔斯坦和湯瑪斯描述艾爾平常的樣子。

這樣還不會對工作造成妨礙，反而讓人覺得恐怖。

看在不知情的新人眼裡，艾爾應該是個腦袋滿是妄想但工作表現完美，充滿矛盾的人吧。

「在艾爾小子心裡，他應該正為了妻子拚命工作吧。」

為了不存在的新婚家庭和不存在的妻子認真工作的丈夫啊……我深刻希望艾爾能早日回到現實世界。

「說不定參加到一半，他就會恢復理智。」

「這是一場賭博呢。」

「或許他會在相親大會上遇見治癒系的女性也不一定。」

雖然反過來講，也可能會遇見讓他打擊更大的女性……

這的確是一場賭博。

「不過還真是盛況空前呢。鮑麥斯特伯爵大人的影響力真大。」

「雖然我什麼也沒做……」

我只是跟羅德里希提議了這個方法，他就將一切都準備好了。

他在領主館的中庭擺了幾張桌子，以露天派對的方式舉辦相親大會。

會場內已經聚集了許多年輕男女。

仔細一看，這就像是我前世曾在電視上看過，為了促進地方活絡而舉辦的相親節目的大規模版。

「不過也有些年齡較大的人混在年輕人當中呢。咦？我記得那個人好像已經結過婚了……」

我也沒有掌握所有相親大會參加者的資訊。由我親自允許參加的人也不多，這方面的事情我都丟給羅德里希處理。因此我對曾聽說已經結婚的家臣，以及幾名來自布雷希洛德藩侯家的年邁家臣感到在意。

「那些人是為了娶側室。」

一提到一夫多妻制度，就會讓人想到令人羨慕的後宮，以及感覺會被女性團體抗議。

實際上雖然有些有錢人是真的好女色，但在那些娶了複數妻子的人當中，有一半以上都是基於義務。

因為有相當的資產，所以才娶不只一名妻子，按照資產規模克盡自己的義務。

他們的義務，就是撫養女性。在這個世界，女性想獨自生活非常困難，而且也難保老家會一直照顧她們。

「所以女參加者的狀況也一樣吧？」

雖然大部分的女性都是十幾歲或二十歲出頭，但也摻雜了一些三十歲上下的人。

「因為生不出孩子而被休掉，或是年紀輕輕就守寡。另外在王家的人當中，也有因為條件或時機太差而未婚的女性吧。」

「的確是有……」

意思是這也能當成那些女性的救濟措施。

若讓她們隨便生下子嗣，可能會構成繼承糾紛的原因，所以要讓可能性較低的女性成為別人的續弦或側室。

真像是貴族社會會做的事情。

當然，如果沒有像魔法師、一流的冒險者，或是成功的生意人那樣優秀的才能，還是非常困難。

「原來如此，真是受教了。話說布蘭塔克先生還沒結過婚吧？」

「嘖！你果然不肯放過我啊！」

「不太可能吧。」

艾莉絲她們從剛才開始就沉默不語，這是因為她們只要一看見布蘭塔克先生就會想笑，為了避免失禮才別開視線。

「伯爵大人，胸前這個名牌一定要別嗎？」

「這是個好主意吧？」

這是我想的主意。

雖然參加者應該會互相自我介紹，但要臨時記住好幾十個人的臉孔和名字非常困難。

只要在名牌上寫名字，就能輕易得知正在和自己說話的人是誰。

布蘭塔克先生的胸口之所以有別名牌，是因為他也要參加這次的相親大會。

儘管本人非常不情願，但這就是侍奉要人的難處。

只要主公一命令，就不得不參加。

「我覺得自己就算到死都單身也沒關係……」

布蘭塔克先生已經單身了五十年，他應該不想到現在才結婚吧。

畢竟現在的他，是個貨真價實的單身貴族。

他原本就是個有錢人，在和我們一起組隊完成許多工作後，資產又變得更多。

說到布蘭塔克先生的日常生活，他在工作完後，不是直接回家悠閒地喝酒，就是去布雷希柏格的風化區玩樂。

雖然布蘭塔克先生有自己的家，但他似乎只有僱用上了年紀的女性當女僕，請對方幫忙打掃和洗衣服。

「我安逸的單身生活……」

然而布蘭塔克先生的主人布雷希洛德藩侯，終於再也受不了他那樣的生活了。

「聽好了，布蘭塔克……」

儘管年紀較輕，但在一家之主方面算是前輩的主公，對布蘭塔克先生說教。

「我家的首席專屬魔法師居然是風化區的常客，這樣的傳聞實在是不太好聽……」

「領主大人不是偶爾也會去嗎？」

「那是為了應酬……而且我去的店，頂多只有漂亮的小姐會幫忙倒酒吧？」

按照布雷希洛德藩侯的說明，一旦當上大貴族，當然就少不了應酬。

而且並未特別喜好女色的布雷希洛德藩侯，應該無法理解明明只要回家就有好幾名妻子，為何還要特地去外面找女人玩樂吧。

畢竟對他來說，如果有這種時間，不如去看書或寫詩。

「像你這種身分的人，怎麼能是妓院的常客……話說那種店應該要偷偷去吧……而且你還連艾爾文一起帶去……」

不論是在王都還是布雷希柏格，布蘭塔克先生都會帶艾爾一起同行，布雷希洛德藩侯認為這不是件好事。

「畢竟再怎麼說都不能帶伯爵大人去。」

「拜託你千萬別這麼做！要是有前妓女帶著孩子跑來鬧事，並主張那孩子是鮑麥斯特伯爵的孩子，我會很困擾啊。」

若周圍的貴族們趁機嚷嚷「這是布雷希洛德藩侯為了掌握鮑麥斯特伯爵的弱點所設下的圈套」，

可能會讓兩家好不容易建立起來的良好關係出現裂痕。

「我去的是預防疾病和避孕措施都做得滴水不漏的高級店喔。」

「不是這個問題。啊，離題了……」

布雷希洛德藩侯繼續原本的話題。他似乎命令布蘭塔克先生結婚生子，並讓那個孩子繼承家門。

「雖然你活著的期間能過得很輕鬆，但你死後可就麻煩了。」

師傅去世時，也出現了許多不像樣的騙子，企圖奪取他的財產。

按照布雷希洛德藩侯的說法，一想到資產比師傅還多的布蘭塔克先生死後，究竟會衍生出多少麻煩，就讓他害怕得不得了。

「如果現在結婚，等孩子成年後，你應該還很健康吧。」

「這個嘛，誰知道呢？」

「大部分的魔法師，不是相對都比較長壽嗎？」

的確，許多魔法師都非常長壽。

目前較為有力的說法，是大量魔力會對身體帶來好的影響，跟以體力為資本的劍士和武道家不同，魔法師只要腦袋沒問題，不管到幾歲都能活動。

反倒是許多人的魔法精密度，是在上了年紀後才提升，因此有些人即使已經超過八十歲，還是沒有退休。

如果正常生活，就算活超過一百歲也不稀奇。

只要不變痴呆就能工作，也是讓魔導公會和魔法道具公會的高層難以流動的原因之一。

「總而言之，因為陪臣家能被繼承，所以請你結婚生子。這次的相親大會，就由你來擔任團長，你就率先去討個老婆回來吧。」

「我知道了。話說我可以問個問題嗎？」

「什麼事？」

「阿妮塔大人怎麼樣？」

「雖然她不是不能生孩子。在那之前，你真的想娶我姑姑為妻嗎？」

「對不起，我只是說說而已……」

「那就這麼辦吧。如果你在這次的相親大會沒找到對象，就請你和我姑姑辦個徒具形式的婚禮，並收個養子吧。對我來說，只要不會引發麻煩的繼承問題就好。至於姑姑那邊，只要每個月給她零用錢……」

「我絕對會找到對象！」

基於以上的對話，布蘭塔克先生這次非結婚不可。

話說居然連徒具形式的婚姻都無法接受，那位阿妮塔大人究竟是什麼樣的人？

「主公大人，差不多該進行開幕宣言了。」

羅德里希似乎流暢地完成了所有準備，再來只剩讓我宣布開幕……

咦？由我來嗎？

我非常不擅長這種事情……

「不能交給羅德里希嗎？」

「既然主辦者是主公大人，那怎麼能讓其他人來宣布？」

「說得也是……」

我真的很不擅長這種事。

無奈地上臺後，我在眾多參加者的注目下，開始進行開幕宣言。

感覺肚子好像有點痛起來了……

「呃——請大家加油。」

雖然我只想得出這句話，但沒多久就響起熱烈的掌聲。

這絕對是因為致詞的人是我，所以大家才義務性地鼓掌。

即使如此，相親大會總算開幕了。

相親大會開始後，我們坐在最旁邊的位子觀摩。

考慮妻子再變多會很麻煩，所以我這次沒參加，但還是有許多人來向我這個主辦人打招呼。

身為我的未婚妻，艾莉絲、伊娜、露易絲、薇爾瑪和卡特琳娜當然也必須招呼那些人，因此她們也和我一樣累。

此外配對成功的人之後也會來跟我們打招呼，所以我們得趁現在好好休息。

唉，艾莉絲泡的瑪黛茶真是太治癒了。

「威爾，你剛才的致詞是怎麼回事？」

「就算突然要我上臺說話，我也想不出什麼有品味的臺詞。」

「突然……不管怎麼想，那狀況都該由威爾致詞吧……」

伊娜抱怨我的致詞實在太糟糕了。

我個人是覺得淺顯易懂就好……

「伊娜小姐，像這種場合，只要讓大家知道相親大會將要開始就行了。」

不愧是艾莉絲，說得太好了。

「是這樣沒錯啦……」

「露易絲，有趣嗎？」

「還好啦。」

為了消磨時間，露易絲開始觀察熟人的狀況。我也跟著加入她。

首先是忙著準備相親大會的羅德里希。

他算是收入比那些不上不下的貴族還要高的陪臣，所以我本來以為他會吸引許多女參加者，但他正悠閒地陪盧克納財務卿今年八歲的孫女喝茶。

「咦？只有這樣嗎？」

我本來以為他會陷入被更多女性包圍的困境。

「威爾大人，不可能啦。」

在薇爾瑪的提醒下，我發現兩人周圍站了許多隨從和女僕。

「那女孩是盧克納財務卿的孫女。很少有人能介入他們。」

雖然羅德里希也義務性地參加了相親大會，但預定將讓孫女嫁給羅德里希的盧克納財務卿，不可能容許其他人來搗亂。

所以他事先派了孫女和許多照顧她的人過來。

「科琳娜大人，要我幫妳拿什麼東西嗎？」

「羅德里希大人，我想吃水果。」

「我幫妳拿吧。」

比起未婚夫妻，兩人怎麼看都是一對年齡有段差距的兄妹，那女孩接下來似乎要和羅德里希一起生活。

「羅德里希無路可逃了。」

居然要被迫娶一個八歲的少女……貴族社會真是恐怖。

「如果只是區區陪臣之女，應該無法加入他們。」

看來在相親大會中也有名叫身分差距的高牆。

不愧是薇爾瑪，對這方面的事情也很熟。

話說即使同樣是家臣，原本還忙著在開發赫爾塔尼亞溪谷、被我用「瞬間移動」帶過來的莫里茲和費利克斯，以及崔斯坦周圍的女性類型就完全不同。

「那些女性都帶著介紹信。哥哥也一樣。」

「這樣啊……」

薇爾瑪的老家雖然不是大貴族，但仍是貨真價實的名譽貴族家。

所以他們的妻子候補，也同樣是貴族之女。身分較低的女性，大多要等他們和正妻之間生下長男後，才有機會被迎為側室。

「畢竟那兩人暫時無法離開赫爾塔尼亞溪谷。」

莫里茲和費利克斯這次一定要找到結婚對象才能回去，所以非常辛苦。

赫爾塔尼亞溪谷有大規模的祕銀礦床，是鮑麥斯特伯爵家的金庫，因此負責開發和防衛那裡的兩人可說是責任重大。

忙碌的他們短期內都沒空安排下次相親，如果不趁這個機會找到對象，似乎會被父母責備。

「師傅真是辛苦。」

卡特琳娜好像很在意同時是她魔法師傅的布蘭塔克先生。

他正被許多女性包圍。

布蘭塔克先生是目前當紅的布雷希洛德藩侯家的首席專屬魔法師，在陪臣中的地位也很高，再加上他現在還單身。

所以不受歡迎才奇怪。

「就師傅的情況而言，他還有另一個受歡迎的理由，威德林先生知道嗎？」

「嗯——不知道。」

「你不覺得他身邊的女性平均年齡有點高嗎？」

「聽妳這麼一說……」

感覺從二十歲到二十五歲左右的女性都有。

「結婚不管對女性還是男性來說，都一樣辛苦。」

雖然在我的前世，二十歲出頭還不算過了適婚年齡，但在這世界就有點微妙。

二十歲出頭對平民來說還不算什麼，但通常會被貴族嫌棄。

因為通常都是在二十歲前結婚，所以如果到那個年齡還沒結婚，就會被認為是有什麼問題。

在這樣的背景下，因為布蘭塔克先生本人也不年輕，所以許多認為他不會太過在意年齡的女性都聚集到他身邊。

畢竟布蘭塔克先生平常都把沒被他視為戀愛或結婚對象的年輕女性，當成「姑娘」對待。

所以他喜歡有點年紀並較為成熟的女性的情報，應該已經流傳開了。

貴族蒐集情報的能力真是恐怖。

「不過是相親，居然如此嚴苛……」

我不得不這麼認為。

環視其他人的狀況後，我發現舊布洛瓦組的湯瑪斯也因為年紀較大，而被同年齡層的女性包圍。

我個人是覺得二十歲出頭還算年輕，但每個世界的常識都不一樣。

要是有女權主義者被送到這個世界，一定會發狂吧。

「湯瑪斯先生好像已經決定好對象了。」

「湯瑪斯在這方面非常機敏呢。」

他馬上就找了個約二十二到二十三歲的漂亮女性到最旁邊的座位，開心地聊天。

「沒爬到太高的地位也是一種幸福呢。」

雖然這樣講有點過分，但也是事實。

實際上布蘭塔克先生就像被螞蟻包圍的砂糖般，被眾多女性團團圍住。

儘管年紀有點大，但他既是個有錢人，又是個魔法師，而且他跟師傅一樣是孤兒出身，沒有其他家人。

就算嫁給他也不必擔心和公公、婆婆或小姑處不好，這點也讓布蘭塔克先生變得更受歡迎。

不管哪個世界，都一定會發生這種問題。

「因為是主公的命令，所以他應該會選一個人……」

繼續環視周圍後，我發現我的三個哥哥也在。

埃里希哥哥、保羅哥哥和赫爾穆特哥哥。

三人都被許多女性包圍。

其實哥哥們也都被強制參加，來這裡找側室人選。
三人都是被父親、艾德格軍務卿和盧克納財務卿叫來參加。
身為貴族的他們，根本無法拒絕。
「不過真不愧是埃里希哥哥。」
和其他兩名哥哥不同，他優雅地拿著酒杯和女性們聊天。
原本就是正統派帥哥的他，在王都生活過後已經徹底變成都會派。
聚集在他身邊的女性全都一臉陶醉。
「（是現充！貨真價實的現充啊！）」
埃里希哥哥從以前就經常發動讓人難以想像他是鮑麥斯特家成員的帥哥技能，而他的這項能力在婚後也依然健在。
不如說他的這項技能可能還被磨練得更高超了。
「明明同樣是兄弟……（保羅哥哥、赫爾穆特哥哥，希望你們能順利度過這個困境。）」
看見完全沒想到自己會被女性包圍的保羅哥哥和赫爾穆特哥哥慌張的樣子，我在心裡替兩人加油。
畢竟不管再怎麼想，我都是和他們同類型的人。
並不是所有人都能輕易變得像埃里希哥哥那樣。
「那個，威德林大人。」

「什麼事，艾莉絲？」

「艾爾先生沒問題吧？」

「喔！我都忘了！」

「不可以忘記吧。」

「伊娜是不是也忘了？」

「咦？我才沒有……」

看來伊娜也在觀察其他人，忘記艾爾的事情。

因為不能讓艾爾缺席，所以我們以震撼療法的名義強制他參加，而他目前正在會場中央被許多年輕女性包圍。

就艾爾的情況來說，不能讓他配年紀太大的女性，所以聚集在他身邊的都是十五歲以上未滿二十歲的漂亮女孩。

「艾爾文大人喜歡吃什麼？」

「只要是卡露拉做的料理我都喜歡。」

「卡露拉？那是您的妹妹嗎？您真是個溫柔的哥哥。」

「您的興趣是？」

「和卡露拉一起狩獵。」

「這樣啊。」

「吶，威爾……」

「完全對不起來呢。」

伊娜一聽見艾爾的發言，就露出擔心的表情。

我本來以為艾爾被美女包圍後應該會馬上恢復，但他似乎仍待在夢的世界。

不管那些女性問他什麼問題，他都會搬出卡露拉小姐的名字。

女參加者們都聽說艾爾單身，所以將卡露拉小姐誤會成他的妹妹。

雖然只要稍微調查一下就能知道艾爾沒有妹妹，但許多貴族都有未被認領的兄弟姊妹。

按照常理，要等雙方變得比較熟後，才能詢問這些比較複雜的事情。

所以她們都沒發現艾爾有什麼不對勁。

「艾爾先生，我想請您帶我去逛鮑爾柏格。」

「……」

「我們走吧。」

艾爾被女參加者們帶去鮑爾柏格的市區。

「他一定以為自己只是在擔任護衛。」

因為艾爾還認為自己除了卡露拉小姐以外，不需要娶其他妻子。

隨著時間經過，會場內逐漸出現配對成功的人。

偶爾也會出現一位男性配兩、三位女性的情況，但這就是這個世界的貴族與陪臣的作法。生活愈是有餘裕的人，妻子的數量就愈多。

雖然這制度感覺會被地球那些信奉一夫一妻制的人批判，但考慮到有些有錢人或政治家會偷偷包養情婦，這制度在某方面來說還算高潔。

「大家動作都好快。」

在大致決定好對象後，便開始出現一起離開會場的情侶。

儘管還在建設當中，但他們還是會去鮑爾柏格的市區約會，或是帶對象去參觀自己的家或預定要蓋房子的地方。

更誇張的是，許多預設自己會結婚的女性，已經把行李都帶過來了。

她們打算一決定好對象，就直接搬到對方的家裡或官舍一起生活。

「喂，這樣沒問題嗎？」

「雖然我不清楚那些家境不錯者的狀況，但大部分的人應該都已經被老家下了『別再回來了，下次見面就是婚禮的時候』的最後通牒吧。」

姑且不論那些家世不錯、以幹部為目標的貴族子女，對那些以其他族群為目標的陪臣或一代騎士的女兒來說，這場相親會可以說是背水一戰。

「你可別因為覺得她們可憐，就包養一堆人啊。」

伊娜馬上出言提醒我。我似乎被認為是一個心軟的人。

「我一個人都不會養啦。」

要是被人發現我很心軟，或許會有年輕女性帶著捏造出來的可憐故事跑來找我。

「雖然我不知道伊娜認為我有多好色，但我絕對不會那麼做。」

就這樣，相親大會的第一天平安落幕，隔天主要是用來彌補第一天有工作無法參加的人，以及當成自由行動日。

所有參加者都各自享受約會。

其中也有人馬上去找神官商量婚禮的事情。雖然大家的動作快得驚人，但似乎只有具備地球知識的我這麼覺得。

「布蘭塔克先生好像也挑好對象了。」

他帶著一位年輕女性前往鮑爾柏格的市區。

布蘭塔克先生的眼神看起來有點空洞，不能再繼續過那種帝王般的夜生活，應該讓他很感慨吧。

至於關鍵的艾爾……

「不妙啊……」

「看來還是不行……」

露易絲說得沒錯，艾爾被動地被一群女性帶去各種地方。

「鮑爾柏格接連開了好多間店呢。」

「我想和卡露拉一起去逛。」

「那是您故鄉的妹妹嗎？」

雙方的對話還是一樣搭不起來，一開始因為看上艾爾的條件而聚集在他身邊的女參加者們，似乎開始覺得不太對勁。

「吶，他是不是有點怪怪的？」

「他的眼裡似乎根本就沒有我們的存在。」

開始發現艾爾不對勁的女性們逐漸離開他身邊，最後再也沒有人跟他搭話。

「失敗啦……」

艾爾明明是這次相親會的招牌之一，結果完全沒發揮功效。

不只如此，就連震撼療法也失敗了。

「威爾，怎麼辦？」

「看來不能再更勉強他了……先觀察一段時間吧……」

即使這時候硬逼他結婚，也不可能順利。

而且這樣應該會讓我的罪惡感超越極限。

「既然艾爾以外的人都已經找好對象，那也算是有成果了。」

這次的相親大會，讓鮑麥斯特伯爵家家臣的單身率大幅下降。

不過需要特別註明的是，艾爾並不包括在這些人當中。

「咦？相親大會已經結束了？」

「三天前就結束了……」

「可是我沒參加耶！」

艾爾突然恢復了。

雖然這只是我個人的推測，但艾爾之所以變成那樣，或許是為了從失戀的打擊中保護自己的精神，而他採取的防衛手段，就是讓自己沉溺在夢的世界。

突然恢復正常的艾爾完全沒提到卡露拉小姐，直接問我相親大會的事情。

「艾爾也有參加喔。」

嗯，他有參加。

他非常受歡迎，被許多美少女包圍，除了和她們一起快樂地聊天與用餐以外，他還大方地帶她們遊覽鮑爾柏格。

雖然本人不記得了，但當時的艾爾真的很受歡迎。

「呃，我完全不記得！」

艾爾完全沒保留自己恢復正常前的記憶。

咦？這表示他也把在這約一個星期的期間內，向崔斯坦他們學的東西都忘光了嗎？

我腦中浮現出崔斯坦和羅德里希懊惱的樣子。

「威爾！再舉辦一次相親大會吧！」

「別強人所難了！」

光是進行準備，就不曉得讓羅德里希和布雷希洛德藩侯花了多少時間和工夫。

何況除了艾爾以外，參加相親大會的人都已經找好對象了。

儘管成婚率高得離譜，但這就是這世界的常識。

按照這個世界的規矩，相親本來就是以成功為前提舉辦。

「吶，威爾！有沒有能治癒我的失戀的可愛女孩？」

「原本應該有，是艾爾自己錯過了！你現在只能靠自己想辦法了。」

「咦？靠自己？」

「艾爾，你只要像平常那樣去找人搭訕就行了吧。」

沒錯，露易絲說得對。

不如說也只剩下這個方法。

「呃……不然我幫你聯絡一些冒險者預備校的女孩子看看？我還有和幾個人保持聯絡……」

伊娜接著如此提議。

如果真的有需要，也可以搬出我的名字……

「唔喔——！既然如此，我一定要找個比卡露拉小姐漂亮、聰明又擅長料理和裁縫的女性結婚——！」

總算恢復正常的艾爾，吶喊著絕對要和比卡露拉小姐更優秀的女性結婚。

「居然抱著這種夢一般的奢望，看來他會再單身很長一段時間。」

卡特琳娜冷靜地吐槽那樣的艾爾。

第二話　準備婚禮快讓人得婚前憂鬱症了

「主公大人，再過一個月就要舉辦婚禮了。」

「是沒關係啦，但這行程表是怎麼回事？」

「怎麼回事……像主公大人這樣的大貴族，有許多非做不可的準備，所以這是逼不得已。」

相親大會落幕的幾天後，我被羅德里希拿來的行程表嚇了一跳。

內容大多是和婚禮有關的事情，話說如果我不會使用「瞬間移動」，根本就不可能完成那些行程。

「反過來講，只要有主公大人的魔法，就有辦法實現。哎呀……幸好能趕在主公大人的生日之前完成。」

呃，也不必勉強配合我的生日吧……即使稍微延後一些，我也完全不在意。

「陛下和霍恩海姆樞機主教都擔心要是進度太慢，可能會旁生枝節。因此現在沒有餘裕顧及主公大人的心情，還請見諒。」

「羅德里希！」

你……其實一點都不覺得愧疚吧……

「這也是為了主公大人好。」

於是從這時候開始，直到婚禮當天，我都過著忙碌的日子。

「謝啦，威爾。」

「明天再來接我們就行了。我們今天會住在老家。」

幾天後，我很快就用「瞬間移動」送露易絲和伊娜回布雷希柏格。

這是因為兩人都要準備嫁妝。

其中最重要的不是婚禮時主要穿的禮服，而是頭紗。

素材、刺繡裝飾的花樣與數量，以及長度。

當然，身為正妻的艾莉絲用的頭紗，必須是最長最豪華的一個。

再來是儘管只有榮譽頭銜，但本人也成為貴族的卡特琳娜，為了盡可能別讓差距太大，排第三的是艾德格軍務卿的養女薇爾瑪，最後才是伊娜和露易絲。

婚禮會邀請許多客人來，新娘的服裝將會備受矚目。

如果沒事先商量好，導致卡特琳娜的頭紗比艾莉絲還要長或豪華，那可就大事不妙了。

我個人是不怎麼在意，但這在貴族的世界算非常嚴重的事情。

所以羅德里希、霍恩海姆樞機主教、艾德格軍務卿，以及代表卡特琳娜已故雙親的海因茲，必須先聚在一起商量。

為了讓協商能順利進行，我帶著他們往返王都和鮑爾柏格。

原本只能靠書信往來並花費漫長的時間，但只要有我在，他們就能面對面談話，因此協商很快就結束了。

順帶一提，伊娜和露易絲的父母沒有參加這場討論。

因為兩人都是陪臣之女，所以不能參加貴族之間的討論。

海因茲終究只是被當成卡特琳娜的代理人。之前的世界也一樣，只要一談到婚喪喜慶，就一定會變得麻煩，但沒想到這個世界更誇張，真是讓人想哭。

「明明只要在同一個地方做頭紗就能避免出錯，而且也比較輕鬆……」

「這可不行。」

「我們的份，必須請和布雷希洛德藩侯家關係良好的工房做才行。」

製作會在大貴族的婚禮上使用的頭紗，對裁縫工房來說是非常榮譽的事情。

如果全都讓王都那間與霍恩海姆樞機主教關係良好的裁縫工房獨占，布雷希洛德藩侯領地內的裁縫工房一定會抗議。

無視布雷希洛德藩侯的意見就直接做決定，也會惹他不高興。

「我能理解為什麼有人會得婚前憂鬱症了。」

實在太麻煩，感覺都快不想結婚了。

「等婚禮結束後，可愛的妻子就會安慰你，所以忍耐一下吧。」

「敬請期待我們穿婚紗的樣子。」

送完兩人一程後，我換帶艾莉絲和薇爾瑪前往王都。

「威德林先生，我要去和威格爾領地內的工房打招呼。」

新威格爾領地離鮑爾柏格很近，因此卡特琳娜說她要直接用魔法飛過去。

「新威格爾領地也有裁縫工房嗎？」

「嗯，是從之前的領地搬過來的。按照貴族的常識，像這種要在重要場合使用的東西，本來就該委託領地內的工房，並闊氣地付一大筆錢給他們。」

像這樣讓錢在領地內流通，也是貴族的義務。

要是因為貪圖便宜或方便，就突然將所有工作交給其他的新工房，原本利用的工房評價與收入就會下降。

最後他們付的稅金將會變少，連帶影響貴族的收入。

這也算是互相扶持。

「路上小心。」

「威德林先生，我已經不是小孩子了。」

「呃，我不是這個意思。女魔法師飛行的時候要是不小心一點，內褲會被人看光。」

我是沒幼稚到會偷看，但其他人怎樣我就不知道了。

「威德林先生！」

因為卡特琳娜生氣了，所以我逃也似的帶著艾莉絲和薇爾瑪前往王都。

抵達霍恩海姆子爵館時，艾莉絲和薇爾瑪的頭紗已經準備好了。

幾名裁縫師圍繞著那兩頂頭紗，檢查頭紗上有沒有綻線的地方。

「威德林弟弟，再來只剩下細心地刺繡。」

因為是和新娘頭紗有關的事情，所以艾莉絲的母親妮娜大人也和霍恩海姆樞機主教與艾德格軍務卿一起在那裡指揮。

「咦？兩家的頭紗要一起做嗎？」

我本來以為薇爾瑪的頭紗要在艾德格軍務卿的家裡製作。

「因為麻煩的慣例，薇爾瑪的頭紗要稍微短一點，刺繡不僅種類不能一樣，密度也要稍微低點。我和霍恩海姆子爵家長年都是利用同一間裁縫工房，所以像這樣一面比較一面製作比較快。」

以效率為優先啊，這真符合身為軍人的艾德格軍務卿的作風。

「在貴族當中，有很多人喜歡雞蛋裡挑骨頭。所以頭紗的長度和刺繡都不能鬆懈。」

「就是啊，斤斤計較的人很多，真是令人困擾。」

意外地就連貴族自己，都只因為是慣例才遵守這些麻煩的習俗和規定，他們心裡也覺得很麻煩。

「薇爾瑪，很漂亮對吧？在這裡加上刺繡後，會變得更漂亮。」

「謝謝你，義父。」

聽見薇爾瑪向自己道謝，艾德格軍務卿難得露出笑容。

「我也想再做一次頭紗了。」

「母親！」

妮娜大人還是一樣動不動就惹艾莉絲生氣，霍恩海姆樞機主教看起來也毫不在意。

真不愧是教會的有力人士。

真是奇妙的翁媳關係。

「不過這頭紗還真長。」

我前世只有在電視上看過。

這頭紗長到新娘走路時，必須有人在後面幫忙拉著的程度。之後或許會請親戚的小孩幫忙拉著吧。

「雖然這種東西本來就愈長愈好，但因為後來大家都不知節制，所以現在大多是按爵位與地位決定長度。」

以前的王家，似乎還用過超越一百公尺的頭紗。

不過加上裝飾與刺繡後，就成了一筆莫大的花費。

於是之後就針對王家成員在婚禮時使用的頭紗長度，制訂了規定。

再怎麼說也不能用比王家還長的頭紗，所以就訂出了現在的長度。

「感覺也沒有其他用途。」

「雖然同樣的頭紗用兩次並不會不吉利，但通常是讓新娘帶到夫家重新利用。」

按照妮娜大人的說法，在婚禮上使用的頭紗，之後似乎會被改造成窗簾、嬰兒服的裝飾、坐墊套或披肩重新利用。

「儘管很少有貴族會自己裁縫，但從新娘重新利用頭紗的方式，就能看出她的品味。所以對女性造成不少壓力。」

換句話說，就是讓嫁過來的太太大展身手的機會。

「如果過度偏重實用性，對貴族來說也不是件好事，但要是重新加工成用不到的東西，也會被評價為沒用的太太。艾莉絲應該沒問題，所以我一點都不擔心。」

妮娜大人的發言，讓艾德格軍務卿恢復原本的表情。

本來以為他們正融洽地一起製作頭紗，結果卻突然對薇爾瑪施加壓力。

妮娜大人果然可怕。

「話說孫女婿光是這個星期，就要參加四場婚禮吧。」

在氣氛變險惡前，老練的霍恩海姆樞機主教出言相助。

「為什麼都集中在這一個星期啊？」

「因為鮑麥斯特伯爵結婚後，大家會變得更忙啊。等幾個月後變得比較閒時，或許新娘的肚子已經變大了。」

因為在婚禮前就已經開始過婚姻生活，所以可能馬上就有小孩。

不過要是讓新娘挺著大肚子辦婚禮，會產生許多問題。

「那也不必集中在這個星期，只要是這個月內就行了吧……」

「這也不行。因為到時候就是孫女婿的婚禮前夕，大家會開始變忙。」

這麼說也對。雖然霍恩海姆樞機主教也很忙，但他還是排了許多和我的婚禮有關的預定。

「威德林弟弟的情況，是因為馬上就能參加，所以行程才擠在一起。」

「瞬間移動」雖然方便，但因為在排我的行程時，都是以我會使用這個魔法為前提，所以我才會這麼忙。我想起前世的公司上司曾說過「雖然網路和手機讓世界變方便了，但實際上只是讓大家變更忙而已」。

「您的雙親也會參加吧？」

「是的。」

那四場婚禮，全都是哥哥們為側室辦的婚禮。

通常側室的婚禮，都只會邀請親戚參加。

因為赫爾曼哥哥和保羅哥哥的領地位於王國南端，所以婚禮不必辦得太隆重，但埃里希哥哥和赫爾穆特哥哥都住在王都，所以沒辦法這樣。

由於想參加的人很多，因此身為兩人宗主的盧克納財務卿和艾德格軍務卿，也被迫幫忙處理許多事情。

那些參加者的目標明顯是我，因此我不參加也不行，但這麼一來，如果我們的雙親沒出席會很不自然，害我必須帶著雙親飛到王都和鮑麥斯特騎士領地。

以前我們大家明明都認為即使雙親沒出席也無可奈何，但結果因為我的緣故，害他們必須強制出席。

「考慮到移動距離，如果沒有『瞬間移動』根本就不可能做到。」

「是啊。」

「不能以領地之間距離遙遠為藉口逃避出席，還真是辛苦呢。」

這一天我都陪在艾莉絲和薇爾瑪身邊，隔天才去布雷希柏格接在老家留宿的伊娜和露易絲回家。

我簡直就像是生意興隆的計程車司機。

「威德林……你是不是變得有點憔悴？」

「哈哈哈……我的行程排得有點多……」

「這樣啊……要多注意身體喔。」

「威德林，你要吃糖嗎？」

今天埃里希哥哥要在王都的布朗特家舉辦婚禮，因此我得用「瞬間移動」帶父母去會場。

久未見面的父親，似乎覺得我看起來很疲憊。

雖然我的確是很忙，但由於羅德里希將我的行程管理得非常完美，所以還不至於連睡眠時間和自由時間都沒有。

大概是因為排了太多不熟悉的婚禮相關工作，才覺得精神疲勞。

話說母親居然問我要不要吃糖……我已經不是小孩子了……不過這糖真好吃。

「你買了新衣服嗎？」

「畢竟要是穿以前的衣服，會害埃里希丟臉。」

唉，初代當家穿過的禮服，確實是有點糟糕。

父親似乎是在被保羅哥哥嫌棄過後，才勉強訂製了新衣服。

「不過話說回來，還真的是一點都不搭呢……」

我覺得這是原為貧窮貴族的鮑麥斯特一家的宿命。

包含我在內，鮑麥斯特家的人只要一穿昂貴的衣服，就會顯得很不搭調。

「那我們可以出發了嗎？話先說在前頭，雖然我也很不忍心，但到會場後我可幫不上忙。」

「是這樣嗎？威德林。」

「我一定會被最多貴族包圍，所以就物理層面來說，我不可能幫得了你們。」

沒錯，我的父母都已經超過五十歲，才第一次面臨得和許多貴族打招呼的狀況。

但我根本沒有餘力幫他們。

「喬安娜以前應該有類似的經驗吧？」

「親愛的，那已經是超過三十年以前的事情，我幾乎都不記得了。」

原來如此，母親在出嫁前，曾經和其他貴族來往過。

所以比完全沒經驗的父親要好一點。

「都過了五十歲，非學不可的事情才開始變多。難怪大家常說要趁年輕時多吃點苦。」

父親最近似乎有在用功，還學會了這樣的俗語。

「那我們出發吧。」

用「瞬間移動」抵達會場後，埃里希哥哥已經在那裡等了。

「埃里希不管穿什麼都好看，真令人羨慕。」

母親，埃里希哥哥是我們家族中唯一的例外。

「威爾，不好意思麻煩你帶父親和母親過來……你沒事吧？」

看來埃里希哥哥也覺得我看起來很疲憊。

人只要做不習慣的事情，就會變成這樣。

「應該只是精神疲勞而已。」

「這樣啊，明天也加油吧。」

因為明天是赫爾穆特哥哥的婚禮，所以我和父母都必須再次出席。

不過居然把本來只要請親戚出席就好的儀式搞得這麼盛大，負責人給我出來！

「這已經是我辛苦刪減出席者後的結果了……拜此之賜，我還得承受被刷掉的貴族的怨恨……」

「嚇死我了！」

盧克納財務卿突然從後面向我搭話，讓我嚇了一跳。

「只要忍到鮑麥斯特伯爵結婚就好了。令尊和令堂也一樣。」

埃里希哥哥和新娘，以及我的父母都被許多貴族包圍，看起來非常辛苦。

不過等閣僚中地位最高的盧克納財務卿一離開，我一定馬上就會被更多貴族包圍。

「在刪減出席者方面，明天的赫爾穆特大人的婚禮也讓艾德格軍務卿費了好大一番工夫。」

只要當上派閥的首領或宗主，就會增加很多辛苦的工作。

「雖然你講得好像事不關己，但鮑麥斯特伯爵將來也得處理這些工作。雖然你現在好像都是交給羅德里希，但這是因為鮑麥斯特伯爵現在還年輕才能這麼做。」

「真想永遠保持年輕……」

「我在鮑麥斯特伯爵這個年紀時，也曾經這麼想過。我還必須去向其他人打招呼了，所以就先告辭了。」

盧克納財務卿一離開後，我馬上就被一堆貴族包圍。

「鮑麥斯特伯爵，我是雨果・葛雷高爾・馮・蓋茲子爵，這是我的女兒蒂亞。」

「這不是鮑麥斯特伯爵嗎？好久不見！我今天碰巧帶了女兒蘇菲亞一起來。蘇菲亞，過來打招呼。」

今天的主角明明是埃里希哥哥，但許多貴族都只想多跟我講一點話。

有些貴族是初次見面，另外也有許多雖然見過但我不記得名字的貴族。

不過所有人都有個共通點，那就是想把女兒介紹給我認識。

明明我再過不久就要結婚，真不曉得那些人在想什麼？

「威爾，明天應該也是這種感覺。」

等我總算躲過那些貴族們的攻勢後，婚禮已經結束了。

難得辦了婚禮，我卻連新郎和新娘的面都沒怎麼見到，另外因為我什麼都沒吃，所以肚子也餓了。

雖然是悽慘的一天，但明天還有赫爾穆特哥哥的婚禮。

按照埃里希哥哥的說法，我在那裡應該會陷入跟今天一樣的狀況。

「威爾現在有五名太太，在他們看來這樣的數量還算少，所以當然會想把自己的女兒或親戚推給你。」

「這種事還要再經歷三次啊……」

「保羅哥哥和赫爾曼哥哥的婚禮，貴族應該就沒這麼多。從王都到他們的領地還滿困難的，大概只有和布雷希洛德藩侯家有關的人會比較多吧？」

我和父母出席在王都舉辦的兩場婚禮並經歷貴族的洗禮後，這次換出席保羅哥哥的婚禮。

「埃里希哥哥這個大騙子！」

這次不必出遠門，所以照理說我們的父母應該會比較輕鬆……但事實並非如此，身為新郎的保羅哥哥無法幫忙主持婚禮，所以必須由父親和母親代替他招呼客人和指揮家臣，被迫再次應付一堆貴族，讓兩人疲憊不堪。

他們的表情和我一樣缺乏生氣。

我聽說參加這場婚禮的貴族會比王都少，所以本來以為會比較輕鬆，但不知為何又再次被一堆貴族包圍。

理由是從與這裡隔了一座利庫大山脈的布雷希洛德藩侯領地旁邊的小領主混合領域，以及南部地區來了許多貴族參加婚禮。

因為開發產生的特需讓景氣變好，所以有些貴族想來向我道謝，再加上於之前的紛爭中，許多東部的貴族都改投靠南部。

他們也來參加保羅哥哥的婚禮，順便來向我打招呼。

背後真正的理由，是為了把女兒介紹給我，讓她們加入鮑麥斯特伯爵家。於是我又再次陷入被貴族的父女們包圍的困境。

「鮑麥斯特伯爵大人，之前的紛爭受您照顧了。我們領地的產品在鮑麥斯特伯爵領地非常暢銷，實在是太感謝了。」

「那真是太好了。」

「因為最近比較有空，所以我今天帶了女兒一起過來。莎夏，過來和鮑麥斯特伯爵大人打招呼。」

「您好，我叫莎夏。」

「她是我引以為傲的女兒。」

你們還真喜歡把女兒介紹給我。

這明顯是希望我能看上她們，讓她們成為我的第六名妻子。

「（保羅哥哥……啊，他是新郎，所以很忙。父親和母親……已經忙到眼神渙散了。埃里希哥哥……他也忙著在幫父親和母親……）」

結果那天我只能帶著假笑，小心在別許下承諾的情況下和貴族們對話。

「真是出乎我的預料。」

「埃里希哥哥……」

「哎呀，威爾真是受歡迎呢。如果是像我和赫爾穆特哥哥那樣在王都辦婚禮也就算了，沒想到連保羅哥哥娶側室的婚禮都來了這麼多貴族。這有點超出我的預期，對不起。」

埃里希哥哥坦率地道歉。他還是一樣充滿男子氣概，讓我無話可說。

如果我是女的，一定會有戀兄情結。

長達一星期的地獄循環的最後一天，今天是赫爾曼哥哥的婚禮。

可憐的是，他也被建議必須迎娶側室才符合常態，所以要在今天舉辦婚禮。

如果是以前的鮑麥斯特騎士爵家，根本就不會被提出這種忠告，這實在是一場不幸。

赫爾曼哥哥的側室是由艾德格軍務卿介紹。因為科特引發的事件才剛過沒多久，所以不能招待鮑麥斯特騎士爵家的當家參加相親大會。

這個肌肉老頭和外表不同，為了維持自己的派閥可說是不遺餘力。

儘管盧克納財務卿原本自告奮勇要替赫爾曼哥哥找側室，但因為他犯了個錯誤，所以才改由艾德格軍務卿介紹。

身為介紹者，當然也必須出席婚禮，所以艾德格軍務卿今天特地來到鮑麥斯特騎士領地。

「真是鄉下。」

「是啊。」

我的老家是鄉下。

即使開發有所進展，這裡是鄉下的事實依然沒有改變，就算被人這麼說，也不算是侮辱。

「不過幸好接下來就會變得繁榮。」

「是啊。」

艾德格軍務卿向一位與他同行的初老男性搭話。

那位長者是侍奉將成為赫爾曼哥哥側室的女性娘家的家臣。

新娘的父親之所以沒來，也和盧克納財務卿犯下失誤的理由有關。

若要讓赫爾曼哥哥迎娶盧克納財務卿介紹的側室，那最大的問題就是他現在唯一的妻子瑪琳二嫂。

赫爾曼哥哥原本並沒有預定要成為領主。

身為次男的他，本來應該入贅沒有男丁的侍從長家並繼承那個家，但長男的失控，讓他必須緊急繼承當家之位。

這時候問題就來了，他的正妻瑪琳二嫂的身分地位並不高。

身為陪臣家的女兒，她的身分不足以當變成貴族的赫爾曼哥哥的正妻。

在決定赫爾曼哥哥必須迎娶側室時，送女兒過來的貴族要求必須更改妻子的順位。

也就是讓自己這個貴族的女兒當正妻，讓瑪琳二嫂變成側室。

當然繼承人也要換成自己的女兒生下的孩子。

按照貴族的常識，這個要求並沒有錯，但赫爾曼哥哥當然會感到不服。

最糟糕的是，盧克納財務卿還直接將那位貴族的要求轉達給赫爾曼哥哥。

「那我不需要側室。」

在最壞的情況下，只要從我家或布雷希洛德藩侯家找個身分比瑪琳二嫂低的女性介紹給他就行了，因此認為沒有必要接受這種要求的赫爾曼哥哥乾脆地拒絕了。

就我看來，赫爾曼哥哥和瑪琳二嫂是對感情融洽的夫妻。

現在瑪琳二嫂也懷了第三個孩子，沒理由特地破壞他們的幸福。

即使接受這個條件，大部分的家臣和族人也不可能接受，在最壞的情況下，可能會再次引發內部紛爭。

而且再加上新娘的老家，這次的紛爭應該會變得更難解決。

赫爾曼哥哥當然不可能接受這種壞條件。

「拒絕得好！不愧是鮑麥斯特伯爵的哥哥。有男子氣概是件好事啊！」

此時聽說了這件事的艾德格軍務卿自告奮勇要幫忙。

雖然赫爾曼哥哥並不隸屬軍務派閥，但侍從長原本就帶有軍人性質。在我介紹這兩個意氣相投的人認識後，艾德格軍務卿就介紹了某位男爵的養女給赫爾曼哥哥。

那個人就是今天的新娘。

「雖然講養女也有點奇怪……」

「那女孩是費涅男爵的私生女。所以男爵本人今天沒來參加婚禮，而是請家臣代理出席。」

「主公大人直到最後都在設法出席，遺憾的是後來被夫人發現……」

「咦！費涅男爵不就是那個……」

「他在王都也是出了名的怕老婆。因為害怕正妻，才會為了追求安寧而與平民之女密切來往。」

結果就生下了今天的新娘，正妻知道後應該很生氣吧。

這很容易想像。

「夫人是伯爵家出身，所以該說個性比較高傲嗎……」

因為害怕老家地位較高的惡妻，所以無法來參加私生女的婚禮啊。

之所以當成養女，也是因為害怕正妻才無法當成親生女兒對待吧。

「我妻子娘家的位階也比我高。」

「鮑麥斯特伯爵，那是以前的事了吧。而且別拿會魔法的你和費涅男爵比較啦。」

說得也是，而且艾莉絲也很溫柔。

因為太可憐了，所以我無法在擔任代理人的老家臣面前這麼說。

「不過這樣正好。主公大人原本就一直想把尤塔小姐接回家，但要是真的認領她，夫人一定會不高興……」

雖然老家臣無法講主公妻子的壞話，但他應該是認為正妻會虐待她吧。

「我聽說她一直都是和平民一起生活，所以即使在鮑麥斯特騎士領地當側室，生活上應該也不會有問題。」

雖然是貴族之女，但是將私生女當成養女對待，所以即使當側室也沒問題。

「不如說要是讓尤塔小姐當正妻，夫人反而會……」

剛才也提過那位正妻是伯爵家出身，所以個性非常高傲。

要是區區私生女成了貴族的正妻，難以想像那個人會多生氣。所以讓尤塔小姐當側室反而還比較好。

不如說真虧艾德格軍務卿能找到條件這麼吻合的女孩。

他這個閣僚果然不是白當的。

「我的工作也順利結束了，所以今天打算好好享用餐點。薇爾瑪——！」

我今天也把剛好有空的薇爾瑪一起帶來了，艾德格軍務卿大聲呼喚養女。

大概想叫她過來一起吃飯吧。

「義父，你叫我嗎？」

「今天的餐點好吃嗎？」

「我推薦肉、加了蜂蜜的點心和蜂蜜酒。」

「鮑麥斯特騎士領地還滿行的嘛。」

雖然赫爾曼哥哥看起來是僥倖當上當家，但他非常努力地在開發領地。

尤其是為了賺外幣，他拚命在增加蜂蜜的生產量。

此外他也有在驅逐因為盯上蜂蜜而出現的熊。

那些肉今天也有上桌。

「威爾大人，蜂蜜塔非常美味。」

「那是我家的傳統料理。」

今天瑪琳二嫂負責上菜和招呼來賓。

雖然我聽說她已經懷了第三個孩子，但她的肚子還不明顯。

「瑪琳二嫂，聽說妳懷了第三胎。恭喜妳。」

「到了第三個後，我也習慣了。應該砰一下就能生出來。」

瑪琳二嫂的個性還是跟以前一樣豁達。

「話說這個蜂蜜塔……雖然妳說是傳統料理，但我怎麼沒印象有吃過……」

「我也是從婆婆那裡聽說後，才第一次做。因為我家很窮，所以生產的蜂蜜都優先拿去釀酒，已經好一陣子沒做了。」

的確，我以前還待在這裡時，不可能有餘裕做這種奢侈的點心。

「今天外地的客人很多，所以當然要大手筆一點。雖然其實我是麻煩賣蜂蜜酒的商人，從其他地方進比較便宜的材料。」

因為要以增產酒為優先，所以不夠的蜂蜜只能從其他地方購買。

既然能像這樣臨機應變，表示鮑麥斯特騎士領地也變得比以前開放了。

「然後，那些商人也想和鮑麥斯特伯爵大人打個招呼。」

唉，我隱約有這種預感。

此外我的另一個預感也靈驗了。

「鮑麥斯特伯爵大人，這裡的蜂蜜酒不僅評價好又能賣得高價。所以希望我們以後也能繼續維持良好的關係。話說我的女兒今天碰巧也有來……」

「我叫塔比瑟。」

「妳好……」

就連商人們也接連把女兒介紹給我。

這該不會是一種義務吧？

「下次我會帶著我的小女兒，去鮑爾柏格拜訪。」

「……」

我對這一個星期的記憶，就只剩下用「瞬間移動」運送許多人，以及只要有空就會被貴族和商人介紹女兒。

「雖然到婚禮正式開始為止，你都會很辛苦，但中間應該也會遇到好事。」

「好事？」

「唉，到時候就知道了。」

儘管我聽不懂艾德格軍務卿在說什麼，但反正只要再忍耐三個星期就好，因此我今天也努力消化忙碌的行程。

第三話　貴族不論婚禮還是初夜都好麻煩！

與布洛瓦藩侯家的紛爭結束後的一個半月，我們都忙著準備婚禮。

今天是我的十六歲生日，我要在這個值得慶賀的日子結婚。

藉由不斷趕工，宛如城塞般的鮑麥斯特伯爵家領主館也順利完工，現在家臣們正竭盡全力為婚禮裝飾。

許多賓客也接連湧入同樣已經完工、座落在鮑爾柏格郊外的港口，這也讓家臣們應接不暇。

在鮑爾柏格，也有許多人將那些人當成目標開始做生意。

雖然貴族本人不會買，但他們會帶許多家臣和護衛一起過來。那些家臣不會進入教會或派對會場，所以將在鮑爾柏格和居民們一起慶祝。

為了慶祝我結婚，之後也預定會在鮑爾柏格內分送肉與酒，許多放假的領民都聚集在市區。

也有很多人早就已經喝醉了。

領主大人的婚禮，對領民們來說就跟祭典一樣。

婚禮快開始時，還會放盛大的煙火。

嚴格來講並不是煙火，而是請專門的魔法師朝上空發射類似煙火的爆裂魔法。

我透過布蘭塔克先生的介紹僱用他們，豪邁地朝上空發射爆裂魔法。
雖然是威力不高、主要只有聲音和煙的魔法，但直接對人使用還是會很不妙。
負責這種工作的魔法師，即使魔力量只有初級也沒問題。
總之必須是能夠信任的人物。
因此我還記得委託費比想像中還要高。
他們像這樣趕往各地的祭典和婚禮，朝上空發射爆裂魔法。
「嗨，伯爵大人，你表現得很僵硬呢。」
「那當然，因為我很緊張啊……」
就在我因為儀式即將開始而緊張時，布蘭塔克先生跑來向我搭話。
他之所以待在屋內，是為了兼任我們的護衛。
「你看那些賓客，這樣不緊張才怪。」
「的確，就算是我家的領主大人辦婚禮，應該也請不到那麼大牌的人。」
我已經習慣看到很多貴族。
家人也不必特別在意。
反正我家的人除了埃里希哥哥以外，都缺乏貴族的氣質。
閣僚、導師、布雷希洛德藩侯和新布洛瓦藩侯這些認識的人也沒問題。
「居然連王太子殿下都來了……」

「那當然。畢竟伯爵大人現在可是比你自己想的還要偉大。」

因為距離太遠，所以陛下沒來啊。要是他真的來了，警備問題應該也會變得很麻煩。

「這表示王家對伯爵大人的未來抱持長遠的期待。」

鮑麥斯特伯爵家未來將成為統率南部的兩大貴族家之一，所以王太子殿下才會出席當家的婚禮。

雖然開發未開發地還需要一段時間，但讓將來的陛下出席還是有其意義。

不過因為我很少有機會和王太子殿下見面，所以比面對陛下時還要緊張。

「畢竟瓦德殿下出了名的低調。」

儘管他似乎是個文武雙全的人，但不知為何非常不引人注目。

若以現代的方式來形容，就是隱形殿下吧？

「殿下還算好。」

畢竟是隱形殿下，等婚禮開始後應該就沒空在意他。

「為什麼是大主教來？」

這個世界的婚禮，分成僅限親戚等嚴格挑選過的人參加的教會內儀式，以及在屋外舉行的婚宴兩部分。

這方面和地球的婚禮大同小異。

不過主持鮑麥斯特伯爵家婚禮的人，是正教徒派教會地位最高的大主教。

如果用地球的說法，就是請教宗來當婚禮的神父。

這樣不緊張才奇怪。

「明明找霍恩海姆樞機主教來就好了……」

畢竟找熟識的人，比較不會緊張。

「因為是孫女的婚禮，所以霍恩海姆樞機主教不能擔任神父。」

不能在親人的儀式上擔任神父，這似乎是教會獨特的規定。

其實霍恩海姆樞機主教被認為是最有希望接掌下任大主教的人，所以就算由他擔任神父也不奇怪，但他今天安分地坐在親戚區的上座。

至於婚禮時陪伴新娘的人選，艾莉絲是找父親霍恩海姆子爵，薇爾瑪是艾德格軍務卿，卡特琳娜是海因茲，露易絲和伊娜則是各自找自己的父親。

話說我是第一次見到露易絲和伊娜的父親，他們接下來要在這些賓客面前帶女兒走過紅地毯，所以表情都因為緊張而變得僵硬。

我非常能理解他們的心情。

因為我本來也和他們一樣是小市民。

「幸好威德林不是女兒……」

我的父親因為自己不必走紅地毯，而露出打從心底鬆了口氣的表情。

「歡迎來到人生的墳墓。」

「剛新婚的布蘭塔克先生，有資格說這種話嗎？」

「哼。我好歹比你早一步結婚。」
「只差幾個星期吧。」
「即使如此，前輩就是前輩。多尊敬我一點吧。」
不曉得是不是心理作用，為了避免死後發生遺產糾紛而被主公下令必須結婚的布蘭塔克先生，身上的長袍似乎比以前乾淨，而且也比以前更注重儀表。
我甚至還隱約聞到香水味，婚姻果然會改變一個男人。
雖然也可能是因為他之前曾被艾莉絲她們嫌棄有老人臭。
「先不管這個，老婆那麼多也很辛苦呢。」
即使是大貴族，一次娶五個人還是算很多。
不過也有人是一開始娶很少妻子，事後才持續增加，所以這樣應該也還好。
在成功的大商人中，甚至還有人同時有數十個愛妾，這數量也能用來象徵自己的生意有多麼成功。
若商人沒有娶妾，反而會被懷疑其實經營狀況不佳。
而貴族如果只有一位妻子，就會被人懷疑是否財務狀況非常糟糕。
「該不會艾戴里歐先生其實也娶了幾十個小妾吧。」
我腦中浮現大商人艾戴里歐先生被多名愛妾侍奉的畫面。
「沒那麼多啦，鮑麥斯特伯爵大人。」

「嗨，大商人。」

「嗨，總算結婚的吾友。」

距離婚禮開始還有一段時間，所以我們才能繼續聊天，此時鮑麥斯特伯爵家的首席御用商人，艾戴里歐先生也來打招呼了。

他從商會派了一些人過來，幫忙人手依然不足的鮑麥斯特伯爵家。

「我們商會的規模最近一直在擴大，所以也經常遇到這種事情，但我可是忙著在工作啊。伯爵大人。」

即使如此，像艾戴里歐先生這樣有財勢的商人如果只有一位妻子，周圍的人會很囉唆，因此他也有三個妻子。

「雖然我也跟普通人一樣喜歡女人，但還是有個限度在，而且現在工作也很有趣。」

我能體會他的心情。

如果問我喜不喜歡女孩子，那當然是喜歡，但我同時也對許多其他的事情有興趣。

魔法也是其中之一，我只要一開始鍛鍊，就經常忘記其他事情。

因為魔法這種東西只要努力就一定會有成果，所以常常不小心沉溺其中。

「比起女性更重視魔法，這樣會不會被認為太老成？」

「鮑麥斯特伯爵大人還年輕，所以請您至少在新婚時期多沉溺在女色當中。為了傳宗接代，這也是必要之舉。」

成為我家御用商人的艾戴里歐先生，突然以鄭重的語氣如此說道。
不過大概是認為若突然表現得太謙遜，會讓我討厭吧。
感覺變得有點不上不下。
布蘭塔克先生是我的師傅，所以除非是在公開場合，否則都表現得和以前一樣。
雖然我也覺得這樣比較輕鬆。
光是一個熟人改變語氣，就讓我實際體會到自己的立場已經產生相當大的變化。
「相較之下，真虧布蘭塔克只娶一個老婆。你年輕時明明就很誇張。」
年輕時的布蘭塔克先生，似乎累積了不少英勇事蹟。
「這年紀娶太多老婆會很辛苦。阿嘉莎還年輕，所以生個孩子應該是沒問題。」
阿嘉莎是布蘭塔克先生妻子的名字。
她出身與布雷希洛德藩侯領地鄰接的小領主混合領域的某個小騎士爵家，身為長女的她今年二十歲。
布蘭塔克先生還是冒險者時經常為了工作去那裡，所以似乎認識對方。
「不過那是十五年前的事情了。沒想到當時喊著『魔法師大人——』在我身邊轉的小女孩，在長大成人後居然成了我的老婆。真是世事難料呢。」
雖然兩人的年紀差了三十歲以上，但在這世界並不會因為這樣就被當成蘿莉控。
畢竟這不是什麼稀奇的事情。

「鮑麥斯特伯爵終於也結婚啦。真是令人感慨！」

最後導師在女性成員們都換好衣服後跑來叫我。

我在他的帶領下來到蓋在領主館隔壁的教會正門口。推開大門後，我發現擔任神父的大主教已經按照之前說好的流程，在裡面等待。

教會的造型，和我前世的基督教教會並沒有什麼不同。

裡面有聖壇，中央的走道鋪了紅地毯，另外還擺了幾張讓賓客坐的長椅。

雖然細節的裝飾還沒完工，但教會的隔壁，就是預定要管理所有建在鮑麥斯特伯爵領地內的教會的管區總部，所以天花板和牆壁上的彩色玻璃都做得非常豪華。

「（不愧是教會，真是有錢……）」

因為我對教會沒興趣，所以今天也是第一次看見，但還是忍不住輕聲嘟囔。

儘管我有提供土地和捐款，但羅德里希說教會那邊也出了不少錢。

大概是認為只要在鮑麥斯特伯爵領地內建構屬於教會的網路，馬上就能回本吧。

我獨自走到站在聖壇前面的神父面前，接著換父親們帶著新娘們入場。

首先是艾莉絲，身為正妻的她穿著最豪華的婚紗。

她戴的頭紗上面布滿極度費工的刺繡和裝飾，而且因為頭紗太長，所以必須找兩個小孩子幫忙拉著尾端。

那些孩子似乎是艾莉絲的親戚，在委託他們這個工作時，我還發了零用錢給他們。

在聽羅德里希說明若拜託親戚的小孩做這種工作，按照行情應該要給多少零用錢時，我嚇了一跳。

不如說真虧羅德里希連這種事都調查過了。

艾莉絲在父親霍恩海姆子爵的牽引下，走到我的身邊。從她父親那裡接過艾莉絲的手後，就換我帶領她。

「（這部分，和我以前參加過的親戚辦的教會式婚禮一樣呢。）」

如果流程完全不同，我或許會變得非常緊張，所以這真是幫了大忙。

接著卡特琳娜、薇爾瑪、露易絲和伊娜也跟著入場，讓聖壇前面變得十分熱鬧。

即使如此，因為這棟教會的規模非常大，所以寬廣到足以讓所有人排成一列。

當初在設計時，應該就已經考慮到這點。

不愧是教會，還真是熟練。

「那麼，我宣布接下來將向神報告威德林．馮．班諾．鮑麥斯特的婚禮。」

將近八十歲的大主教，宣告婚禮開始。

至於為何只提我的名字，也只能用風俗就是如此來解釋。

男性的伯爵即將結婚。

光是知道這個事實就夠了。

要是被地球的女權主義者聽見，他們應該會非常憤慨吧。

「汝，威德林・馮・班諾・鮑麥斯特，願意娶艾莉絲・卡特琳娜・馮・霍恩海姆、卡特琳娜・琳達・馮・威格爾、薇爾瑪・艾托爾・馮・亞斯哥罕、露易絲・尤蘭妲・奧蕾莉亞・歐佛維克以及伊娜・蘇珊・希倫布蘭德為妻，並發誓鍾愛她們一生嗎？」

「（全唸完了呢……）我發誓。」

五個人的全名加起來長到像咒文，但大主教一口氣就說完了。

考慮到他的年齡，我本來還擔心他會喘不過氣，但真不愧是專家。而且他的記憶力還真好。

畢竟我到現在，都還沒把握能唸出露易絲和卡特琳娜的全名。

雖然我當時大致記住了，但過一個星期印象就變得模糊。

平常也沒機會叫她們的全名，因此沒過多久就忘了。

「那麼接下來，艾莉絲・卡特琳娜・馮・霍恩海姆，妳願意嫁給威德林・馮・班諾・鮑麥斯特，並發誓永遠愛他嗎？」

「是的，我發誓。」

接著大主教又問了四人相同的事情。

他個別詢問我的妻子們。

而所有人都回答「是的，我發誓」，沒有像某部電影那樣，發生突然有其他男性闖入婚禮的情況。

考慮到警備狀況，這也是理所當然的事情。

「（威爾，你該不會在想什麼奇怪的事情吧？）」

直覺敏銳的露易絲輕聲向我問道，但這氣氛對我這個小市民來說實在太沉重，所以只能靠想其他事來舒緩緊張。

「接下來，請進行誓約之吻。」

雖然我們在婚禮之前也接吻過很多次，但在眾人面前親吻，似乎包含了向周圍傳達「她們是我的妻子，所以不准對她們出手」的意思。

不過由於是在大主教面前，因此不能親得太誇張。

我以輕點嘴唇的方式，照順序親吻新娘。

「（卡特琳娜，沒問題吧？）」

「（再怎麼說也已經習慣了。）」

儘管從外表上看不出來，但卡特琳娜對這種事情非常不習慣，所以我本來還有點擔心，但事到如今，她似乎也已經習慣了。

她也會正常地和我接吻。

「接下來是交換戒指。」

我替艾莉絲她們戴上事先就準備好、刻有家徽的白金戒指。

「基此，向神的報告已經結束。想必神也對新人們的出發感到喜悅。」

雖然不曉得神是不是真的存在並為我感到高興，但送我到這個世界的傢伙或許真的存在。

「那麼，在儀式的最後……」

我們走出教會的教堂，開始進行地球的婚禮也經常舉行的丟捧花儀式。

無法進入教會內的許多未婚少女在最前面排成一列，等待捧花被丟過去的瞬間。不過大貴族的千金們因為覺得那樣有失體統，所以並未上前排隊，而是讓女僕或傭人們代勞。

這個世界也有拿到捧花的人，就能成為下一個結婚者的迷信，所以女僕們都認真地想搶到捧花，藉此獲得獎賞。

這種時候似乎不能問「難道下一個能結婚的人不是搶到捧花的女僕嗎」。

畢竟就是因為不能自己去搶，那些大小姐才得拜託女僕去拿。

「那我要丟囉。」

雖然我不認為只要搶到捧花就真的能當下一個結婚的人，但她們都認真地搶奪那五束捧花。

簡直就是肉食性女子的捧花爭奪戰。

捧花順利落入五名女僕手中，她們也各自拿回去給自己侍奉的大小姐。

其中也有女僕馬上就拿到裝了獎賞的袋子。

而在那些大小姐中，摻雜了一名顯眼的人物。

「妳做得很好，這是妳把捧花帶回來的獎賞。」

一位穿著華麗禮服、怎麼看都超過四十歲的女性，把獎賞交給將捧花帶回來的女僕。

雖然是第一次見到，但那個人應該就是傳說中的阿妮塔大人。

布雷希洛德藩侯究竟為何要把她帶來這裡呢？

這真是一個謎。

「（不如說，原來她還有打算結婚啊……）」

儘管沒說出口，但周圍應該有許多人也是這麼想的。

「婚禮順利結束，我想應該可以讓婚宴開始了。」

雖然婚禮不到一個小時就結束了，但之後我們一直被困在婚宴會場，在疲憊的狀況下迎接夜晚。

漫長的拘束時間結束後，大家一起在完工的領主館客廳休息，此時導師向我搭話：

「貴族的婚禮就像官方活動，所以這也是逼不得已！」

「婚禮本身反而最輕鬆……」

不僅沒什麼事情要做，作法也和地球差不多。

大主教很有效率，所以並沒有花多少時間。

相對地，婚宴的部分就麻煩多了。

「我是艾羅斯．希德布雷席特．馮．華特斯豪森子爵。」

除了必須和所有主要來賓打招呼以外，就連寒暄的順序都事先訂好了。

雖然這方面的事我都是交給羅德里希處理，但真虧他能記住這麼多貴族。

「再怎麼說，鄙人也曾經接受過紋章官耶赫的指導。」

「果然是這樣嗎？」

「否則根本就記不住這麼多人。」

鮑麥斯特伯爵家算是新興貴族，但由於開發未開發地的事業，和許多貴族接觸的機會也增加了。

於是便急忙僱用了專門的紋章官。

他的名字叫耶赫，是在布雷希洛德藩侯家擔任紋章官的布琉亞先生的次男。

因為在處理與布洛瓦藩侯家的紛爭時認識了布琉亞先生，所以就僱用了他的兒子。

「打招呼還算簡單。」

如果真的只有打招呼而已。

儘管會帶來精神上的疲勞，但也頂多如此。

「都來參加人家的婚禮了，居然還問『有沒有興趣娶第六個老婆』。」

有幾名貴族還帶自己未婚的女兒來推銷，不然就是想塞相親照片給我。

我本來以為上個月參加完哥哥們的婚禮後，就不會再遇到這種人，沒想到又跑出來了。

而且在別人的婚禮上說這種事，也未免太有膽識了。

「除了未開發地以外，又增加了赫爾塔尼亞溪谷的礦山特權，所以大家都很拚命。」

即使要獻上自己的女兒，也想多分到一些特權嗎？

也因為這樣，最後我和艾莉絲都變得精疲力盡。

就連總是積極幫大家泡茶的艾莉絲，都將這項工作交給多米妮克，可見她有多麼疲憊。

「不過今天是初夜吧？」

「噗！」

布蘭塔克先生突然說出奇怪的話，害我把嘴巴裡的瑪黛茶噴了出來。

「伯爵大人，你好髒啊。」

「誰叫布蘭塔克先生要說奇怪的話。」

「這有什麼好奇怪的。多米妮克要負責監督吧？你好好努力，別失敗了。」

「那才是最難受的部分。」

這麼說來，我前世曾經看過類似的書。

初夜的時候，會指派一個人來負責確認雙方有沒有好好辦事。

是中世紀歐洲的貴族吧？

這個世界也有貴族結婚時，必須好好確認雙方有沒有發生性關係的風俗。

「艾莉絲大人終於要變成夫人了。」

因為不能讓男性監督，所以這項工作都是交給已婚的女性。

多米妮克上個月和一位擔任園丁，名叫卡斯帕爾的二十歲青年結婚了。

他是霍恩海姆子爵家的園丁的次男，和多米妮克似乎是青梅竹馬。

「讓多米妮克旁觀，感覺好難為情。」

「對不起，艾莉絲大人。這畢竟是規定。」

正常人應該都和艾莉絲一樣，不喜歡在別人面前做那種事。

我也沒有被人看就會感到興奮的性癖。
再怎麼說，這都太難受了。
「而且還要連續五天吧？」
「艾爾文先生不能看喔。」
「我和常人一樣，不想看自己的主人或朋友做那種事的場景……」
總算從失戀的打擊中恢復，現在用「戀愛獵人」這個丟臉的外號稱呼自己的艾爾，露出真心感到厭惡的表情對多米妮克說道。
我也沒有讓朋友觀摩的興趣，所以很慶幸不必讓艾爾監視。
「我也不喜歡啊，但又沒有其他人選……」
因為不能馬上就將監視初夜這種工作交給剛僱用不久的女僕，所以艾莉絲、卡特琳娜、薇爾瑪、露易絲和伊娜這五個人的確認工作，都是交給多米妮克負責。
討厭歸討厭，但可怕的是，如果沒確實執行，妻子的老家就會來抱怨。
基於擔心自己的女兒沒機會產下子嗣，或是因為被丈夫討厭而遭到冷落等理由，他們在拜託別人監視初夜時都非常認真，所以無法拒絕。
「（這根本就是羞恥玩法……）唉，這也無可奈何。」
回答的同時，我開始翻閱師傅留給我的魔法書。
雖然這是我六歲時從師傅那裡繼承的書，但其實這本書……

像雜誌一樣有個類似內頁封起的祕密頁的部分。

師傅在交給我之前動了些手腳，並在交給我時吩咐我「等結婚後再打開祕密頁」。

又不是週刊雜誌的附錄，但這種惡作劇般的手法，確實很符合師傅的作風。

「艾弗叫你結婚後再打開？」

「是的。」

「嗯嗯嗯……該不會是……」

「那個魔法啊……因為不怎麼困難，所以伯爵大人應該沒問題。」

布蘭塔克先生和導師，似乎猜到了是什麼魔法。

兩人互望了一眼後，露出苦笑。

「總之我打開囉。」

我用拆信刀工整地割開封頁，裡面記載了關於「水」系統的成人魔法「精力回復」的說明。

「還有這種魔法啊……」

原來如此，就算教給當時還是個孩子的我也沒有意義。

「這種魔法或藥物，對貴族來說是必須的嗎？」

是為了傳宗接代？

還是為了滿足眾多的妻子？

不對，怎麼想都是為了讓人「即使上了年紀，也能像以前那樣生龍活虎」。

這在有年輕的情婦時，似乎非常方便。

該不會其實布蘭塔克先生也很愛用這個魔法吧？

「（魔法版的〇而鋼？）」

「你就用那個魔法，努力和五位太太多生一點小孩吧。」

「不過要是生太多小孩……」

可能會像我的老家那樣，害次男以下的孩子面臨悲慘的待遇。

我現在偶爾還是會覺得那樣太過誇張。

「你現在的地位和以前完全不同，那種事情以後再想就行了！如果生不出孩子，又會面臨其他麻煩！」

導師難得對我提出貴族方面的忠告，硬將我和艾莉絲推進寢室。

「呃……接下來請多多指教。」

「是的，我才要請您多多指教。」

若是埃里希哥哥，這時候應該會說些體貼的話吧，但我完全不具備那樣的技能。

平常總是表現得像個完美超人的艾莉絲，似乎也因為缺乏經驗而不知所措。

我們在床上互相打完招呼後，便陷入沉默。

「雖然外面有人在聽，但還是別太在意吧。」

「是的，說得也是。」

前世的經驗與最近進行的祕密練習，真的是幫了大忙。

否則原本應該會更費工夫。

「我以後應該也會繼續給妳添麻煩。」

「和威德林大人共度的這段將近四年的時光非常快樂，我一點都不覺得辛苦。以後一定也是如此。」

「謝謝妳。」

「只是……」

「只是？」

「希望您別忽視我們，只顧著去那位小姐那裡。」

「……」

就像薇爾瑪以前說的那樣，艾莉絲非常敏銳。

她是大貴族的女兒，所以應該知道「配女」的風俗。

＊　＊　＊

我記得那是發生在我剛獲賜鮑麥斯特伯爵領地，因為開發工作而異常忙碌的時期。

父親突然稍來聯絡說想見我一面，因此我立刻趕往保羅哥哥的領地。

抵達老家時，父親和保羅哥哥已經在那裡等待，並將我帶進沒有其他人在的書房。

「威德林，辛苦你特地跑這一趟。」

「那個……父親，你今天有什麼事？」

「呃，這個……保羅。」

父親開口前，先看了保羅哥哥一眼。

「我們不需要茶，所以你們先出去，並確保沒有人在門外偷聽。還有，你們應該知道洩漏出去會有什麼下場。」

保羅哥哥將傭人們趕出書房，並命令他們在入口監視，避免有人偷聽。

看來是要談非常重要的事情。

「要是洩漏出去，會非常不妙嗎？」

「是啊。知道的人愈少愈好。」

父親說話時的表情非常凝重，看來這件事真的很重要。

「那內容是什麼？」

「威德林當上了大貴族。而且還是擁有廣大領地的伯爵大人。」

「嗯。」

「有件事情對大貴族來說非常重要，你知道是什麼事嗎？」

「是順利地治理領地嗎？」

「這當然也很重要，不過在那之前，必須先傳宗接代，確保家門能夠存續。」

「我已經有艾莉絲她們了……」

聽完父親的話後，我一開始還以為他是要我再娶其他側室。

「不，雖然你好像有點誤解，但我要說的事情和側室無關。為了在結婚之後，能順利產下子嗣……」

因為父親說的話實在讓人不得要領，就在我感到困惑時，一旁的保羅哥哥出言相助。

「簡單來講，就是若威爾一直是個處男，會很麻煩啦。」

「意思是要我去買春嗎？」

我不想在父親或哥哥的吩咐下去買春，而且我又不是布蘭塔克先生或艾爾，那種事對現在的我來說太困難了。

而且雖然這個身體還是處男，但我前世並非完全沒有這方面的經驗，只是次數不多而已。

儘管他們根本是多管閒事，但我又不能告訴他們這些事，因此我開始思考該怎麼拒絕。

「就算是我，也知道不能建議伯爵大人去買春。」

「那是要我透過書本學習嗎？」

這麼說來，老家的書房裡的確是有這方面的書。

雖然為了避免被人看見封面而以橫放的方式藏在書櫃深處，但我還記得那插圖對我來說實在是太微妙，讓我完全不想看。

我當時還重新領悟到日本在這塊領域果然是無人能及。

「不，所謂的『配女』，就是為了這種時候存在。」

我大致能透過字面推測出這個詞的意思。

簡單來講，就是要我在結婚前找那種女性累積經驗吧。

「我第一次聽說這個詞。」

「因為我們家在貴族當中，也算是最低階層啊。」

根據保羅哥哥的說明，所謂的「配女」制度，就是將寡婦分配給貴族家長子的一種風俗。

讓有經驗的女性，陪沒經驗的男性練習。

不過期限只到那名長子結婚為止，而且必須祕密進行。

雖然不可能完全保密，但還是要盡可能別讓後來娶的妻子們得知「配女」的存在。

簡單來講，就是有設定期限的小妾。

「呃，有經驗的女性啊……」

「通常都是挑寡婦。」

要是有丈夫會很麻煩，但找沒經驗的女性也沒意義，所以自然通常都是由寡婦來負責這項工作。

「（不過……）」

這裡可不是布雷希柏格或王都。

如果是要找有經驗的寡婦，那到時候有可能會出現一個不得了的老女人。

話說我前世剛進公司不久時，也曾在陪上司喝酒後，被帶去風月場所。

根據那位上司的說法，那裡似乎是間服務和評價都非常好，並有許多漂亮熟女的店。

我又沒有性功能障礙，所以當然也和常人一樣對這種事有興趣，我本來還興奮地等小姐過來，結果出現的卻是年紀比我媽還大的皮○蒙。

這什麼孔明的陷阱（註：網路用語，指安排的非常巧妙的陷阱，或讓人懷疑是否為陷阱的手法）！

我在內心詛咒帶我來這間店的上司。

至於後來發生了什麼事，還是不說為妙。

只不過我從那時候開始，就再也不相信漂亮熟女這個詞。

熟女或寡婦很棒的這種說法，終究只存在於作品當中。

「（父親說這些話應該是出於親切吧……）」

沒有「配女」的貴族家繼承人，應該會被視為矮人一截吧。

何況我現在還是伯爵。

雖然我很感謝他的好意，但很高的機率應該會是皮○蒙。

「（有沒有什麼方法能巧妙婉拒呢？）話說那位女性是個什麼樣的人？」

「她的年齡比威德林大了一輪。」

看來可以排除名為熟女的老女人了。

不過在親眼見到本人之前，還是完全不能大意。

「意思是年齡和亞美莉大嫂差不多囉？」
「就是亞美莉。」
「咦？」
「亞美莉的條件最符合。她本人也答應了。」
要教我何謂女人的人，居然是哥哥的遺孀。
我本來是半開玩笑地問，沒想到父親居然會回答她就是「配女」，讓我當場啞口無言。
「保羅哥哥。」
「抱歉！這件事我實在愛莫能助！」
突然被找來父親這裡，然後就被告知要派一個女人指導我房事，此外那個人還是我的大嫂。
這件事又不能隨便找別人商量，而且我的婚禮就快到了，所以從今天開始就得接受對方的指導。
雖然我很想阻止這件事，但又不能找艾莉絲商量，因此只好先用魔導行動通訊機聯絡羅德里希。
羅德里希只回答「這件事鄙人實在不能插手！這完全是歸父親掌管的領域」，然後就不管我了。
儘管他不忘補了一句「我會對夫人們保密」，但我一點都不感謝他。
於是我試著請教布蘭塔克先生。
結果只獲得「既然人家都免費幫你準備好了，你就心懷感激地接受吧。唉，不過也有人說免費才是最貴的。你小心別被那個寡婦給迷惑啦」這種徹底事不關己的忠告。
可惡！既然布蘭塔克先生一點都不可靠，那就只能找那個人了！

有困擾的時候，就要找埃里希哥哥！
如果是他，或許能幫我想出巧妙的迴避方法。
抱著這樣的想法，我懷著最後的希望聯絡埃里希哥哥……
『關於配女的事情，絕對不能拒絕喔。』
埃里希哥哥溫柔但語氣堅定的忠告，截斷了我所有的退路。
『雖然已經退休，但父親還是為了盡前家長的責任，向亞美莉大嫂低頭了。』
所謂的「配女」，似乎是父親為了延續家門，而送給當上繼承人的兒子的最高贈禮。
然而這件事卻必須保密，這似乎是因為整個過程都是在家長的主導下進行，所以才會這樣處理。
進一步而言，並不是每個貴族家都能輕易準備這種禮物。
即使同樣是貴族家，許多下級貴族也不會準備，若是商人家，那更是只有大人物才有辦法準備。
運用財力與人脈，有時即使造成大失敗，也要替繼承人找那樣的女性。
『雖然看起來好像是隨便選的，但我想父親在人選上應該費了不少苦心。』
如果拒絕他，似乎會非常失禮。
『那個，埃里希哥哥也經歷過一樣的事情嗎？』
『其實，我的岳父也有幫我安排。』
並非父親，而是由盧德格爾先生幫忙安排這樣的女性。
他的對象果然也是寡婦，而且好像是透過蒙傑拉子爵的人脈找來的，當家之間私底下互相幫忙這種事，似乎能當作信賴彼此的證明。

因為會被人知道第一次的對象是誰。

甚至可以說對貴族們而言，再也沒什麼比這更能證明彼此的信賴關係。

『要對米莉安保密喔。』

『當然，這是男人之間的祕密。』

即使隱約有察覺，也不能問出口。

似乎還有這樣的規定。

『考慮到威爾和科特哥哥的關係，我也能理解你的心情。不過周圍的貴族並不會覺得有什麼奇怪。』

儘管找親生哥哥的妻子當對象，讓人覺得有點不符合倫理，但在這個世界，似乎沒有人會覺得奇怪。

在族人當中權力最大的我照顧喪夫的大嫂，是理所當然的事情。

不過這世界還是很嚴苛，若女方不在力所能及的範圍內做點事情，只是單方面受人照顧，那即使被人說「再也養不起妳了」並趕出家門，也無法抱怨。

『雖然亞美莉大嫂是在保羅哥哥的領地生活，但威爾還是提供了不少援助吧？』

『嗯。』

儘管不能說出明確的數字，但我的確有和保羅哥哥一起提供援助。

『等姪子們長大成人後，你也會分封領地給他們吧？』

『嗯。』

『亞美莉大嫂應該也會擔心吧？正常來講，根本就不會有這麼好的事情。』

像亞美莉大嫂這樣的立場，如果是在其他貴族家，幾乎都只能度過不順遂的人生。

『因為長男引發的醜聞，讓本家改由么弟繼承，但長男年幼的小孩卻還活著。對那個么弟來說，長男留下的孩子們應該很礙事吧？』

因為會妨礙到自己小孩的繼承。

搞不好還會被殺掉，再偽裝成病死或意外。

『我們家應該是不可能發生這樣的事，至於姪子們能不能順利分到領地，則是取決於威爾。畢竟就算違反約定，也不會造成任何問題。』

等將來違背那個約定時，我的權力已經遠比現在強大。

埃里希哥哥斷定到時候不管亞美莉大嫂再怎麼抱怨，都不會有人願意聽。

『我……』

『雖然我覺得威爾不會這麼做，但凡事都有個萬一。亞美莉大嫂應該也想要一點保證吧？』

只要和我變成那種關係，某種程度上也算掌握我的弱點，這樣就能讓兒子們順利分到領地。

『亞美莉大嫂是為了孩子們。威爾則是為了累積女性經驗。這樣想就行了，我覺得你們還是別想太多比較好。』

『原來如此……』

若要發展成那樣的關係，就必須將亞美莉大嫂視為一名女性看待，坦白講這讓我覺得非常鬱悶。對方應該也是這麼想，既然如此，那還是各自帶有一些盤算比較輕鬆。

原來如此，埃里希哥哥果然厲害。

不僅從以前就是個帥哥，在人生諮詢方面也一樣有才能。

『而且威爾也不討厭做那種事吧？』

『那當然。』

全天下的男性應該都是如此。

『那就放輕鬆當成去玩吧。』

『我知道了。謝謝你陪我商量。』

我在心裡佩服埃里希哥哥，同時切斷通訊，不過沒想到他也有這種經驗。

不過就在我心想「帥哥果然吃香？」時，在一旁聽我們通話的保羅哥哥不知為何沮喪地垂下肩膀。

「保羅哥哥？」

「我都沒有被分配到那種女性……」

「畢竟保羅哥哥是突然當上貴族。」

「之前赫爾穆特有跟我提過。他說威廉先生有幫他斡旋那種女性。」

因為那個家也有能夠世襲的職務，為了避免發生沒有子嗣繼承的惡夢，赫爾穆特哥哥也被分配到那種女性。

「我好羨慕威爾、埃里希和赫爾穆特……」

「你要跟我交換嗎？」

「這怎麼能換啊？」

保羅哥哥露出羨慕的表情，同為男性，我非常能夠理解他的心情。

「現在不是羨慕的時候。就是這間小屋。雖然是新蓋的，但還沒有人使用。」

即使只有一段期間，也不能在領主家做那種事。

於是他們便暫時將這間蓋在領地邊界、將來要給夜間巡邏者當休息處的小屋借我使用。

「雖然裡面只放了最低限度的東西，但只要有床應該就沒問題了。」

這裡被指定為我們幽會的場所。

此外，知道這件事情的只有父親、保羅哥哥和一部分的家臣。

即使應該瞞不久，目前還是先下了封口令。

「現在天色已經暗了，亞美莉大嫂應該再過不久就會來。叫你加油會不會很奇怪啊？」

保羅哥哥離開小屋時如此說道。

被獨自留下的我，緊張地等待女方前來。

＊　＊　＊

「（和威爾啊……）」

我叫亞美莉．馮．班諾．鮑麥斯特。

我的丈夫在約兩個月前去世，我也因此成了寡婦。

話雖如此，他並非病死或發生意外。

而是企圖殺害身為貴族的親生弟弟並自取滅亡。

詳細情形就先不說了，總之我因此成為暗殺未遂犯的妻子，孩子們也成了暗殺未遂犯之子。

按照常理，我和孩子們應該到死都得過著顏面無光的生活，但幸好丈夫的弟弟願意援助我們，所以我們現在的生活並沒有什麼不便。

我的丈夫企圖暗殺的弟弟，居然親自援助暗殺未遂犯的妻兒。

世間都認為他是個剛毅又心胸寬大的人。

而且他將來似乎還打算分領地給孩子們。

雖然我覺得這是件非常幸運的事情，但同時也隱約感到不安。

要是將來他違反約定怎麼辦？

丈夫的弟弟威德林大人應該不是那種人，但我還是隱約感到擔心。

他真的變得很了不起。

第一次見到他，是在我十八歲嫁為人妻的時候。

他當時明明還是個嬌小可愛的孩子，卻會用魔法狩獵和採集，為貧窮的老家餐桌加菜。

為了避免那項才能為領地帶來紛爭，公公和婆婆都貫徹不干涉他行動的方針，他本人也一滿十二歲就離開領地。

他當時的表情看起來像是如釋重負。

對丈夫來說，他是企圖奪取當家寶座的敵人，而對他來說，那塊領地只是個重擔。

我覺得事情就是如此。

然後，他在一年之內就打倒了兩頭龍。

威德林大人以魔法師的身分建立起穩固的地位，並靠一己之力獲得爵位。

丈夫因此再次感到不安，而且那股不安，某方面來說也沒有錯。

姑且不論他本人的想法，王都的大貴族們不可能不利用他的力量。

不出所料地，他返回老家，在魔之森接受委託，開始開發未開發地。

領民們都對他的成果感到高興，希望他能成為新的領主，只是個凡庸繼承人的丈夫逐漸被逼上絕境。

雖然我很同情丈夫，但這也是貴族的宿命，而且還有很多方法能讓丈夫活下來。

我向公公提議，反正無法開發，不如將未開發地割讓給威德林大人。

這麼一來，就能讓王國理解我們贊同將開發未開發地的工作交給威德林大人負責的政策，這麼一來就不必擔心家門會被解散，鮑麥斯特騎士領地也能獲得援助。

然而丈夫並未選擇這條路。

丈夫認為自己是長男，對未開發地的權利也早就獲得王國的承認。

所以包含未開發地在內，丈夫打算自己開發所有的領地，並藉此提升自己的爵位。

然後丈夫還說身為弟弟的威德林大人，本來就該乖乖提供協助，雙方之間已經發展成敵對關係。

可以的話，我也想自己對丈夫提出忠告，但在這塊領地，女性向男性提供建議只會被當成是多管閒事。

我只能盡可能遠離每天都在發狂般的咒罵威德林大人的丈夫。

也因為這樣，我並不認為威德林大人是丈夫的仇人。

畢竟最早計畫暗殺的人，就是我的丈夫。

「沒想到事情會變成這樣。」

「我也覺得很意外。」

在公公的指示下，前往剛蓋好的小屋後，我發現他已經在那裡等待。

明明前陣子才見過面，但正式成為伯爵大人這項事實果然影響深遠。

隨著責任增加，感覺他的外表變得成熟許多。

「呃……亞美莉大嫂……」

「別提了。再說下去也沒意義。」

他應該是想說即使是正當防衛，自己仍是殺了我丈夫的男人吧，但這些都已經是過去的事情，再想也只是浪費時間。

「而且那個人也不是什麼忠貞的好丈夫……」

剛新婚的時候，我的確有被當成妻子珍惜，但在生了兩個孩子後，丈夫就逐漸不把我當成女人看待。

尤其是這兩三年，他都沉迷在新情婦的懷抱中。

「情婦？我都不知道……」

他似乎是第一次聽說，所以難掩驚訝的表情。

「怎麼可能會有人告訴你。畢竟公公在事件發生後，就偷偷把事情處理好了。」

基於「貴族應該要有多名妻子！」的理念，丈夫偷偷包養了貧窮農家的女兒。

雖然丈夫自以為隱藏得很好，但當然瞞不了公公……唉，這種事情很快就會傳開，所以根本不可能藏得住。

丈夫似乎還說過等正式當上領主後，就要娶對方為妾。

「雖然這不算是壞事……」

「是啊……」

不過既然如此，希望他至少可以不要隱瞞我們，只憑自己的本事包養對方。

順帶一提，那位女性在事件發生後，就帶著一筆還算豐厚的慰問金兼封口費，離開領地嫁人了。

公公祕密地將事情處理掉了。

幸好對方沒有懷孕，這是唯一的救贖。

「雖然我有點擔心自己明明已經有兩個孩子，卻還不算經驗豐富這點，但接下來的期間請你多多指教。」

「哈哈……我才要請妳多多指教。」

我們兩人尷尬地打完招呼後便互相擁抱，然後發展成那種關係。

雖然一想到他的未婚妻，就讓我感到有點內疚，但再次認識到自己也是個女人，也確實讓我感到安心。

包含孩子們的事情在內，我覺得在他結婚之前享受一下這個關係也未嘗不可。

不過感覺他的想法，似乎和我與公公的想法有點偏差。

因為他莫名地珍惜我。

和威德林大人發展成那種關係後，過了約一個月。

「亞美莉大嫂，真的在各方面都很對不起妳。」

「保羅大人，您不需要在意。」

我在有安排幽會的隔天早上打掃小屋時，這裡的領主保羅大人獨自現身並向我打招呼。

在保羅大人的命令下，進行幽會的小屋不准任何人進入，平常也有上鎖。

打掃和管理這裡是我的工作，只有我、威德林大人和保羅大人有這裡的鑰匙。

此外我還收到一臺魔導行動通訊機，威德林大人在過來之前，會事先透過那臺機器聯絡。

雖然我覺得給有期限的「配女」這麼昂貴的魔法道具不太妥當，但反正這是將來預定要給孩子們的東西，所以應該沒關係。

「因為我自己也很享受這個關係。」

「雖然平庸，但會認真聽父親的話。我一直都以為科特哥哥是那樣的人……」

保羅大人應該也沒想到丈夫會丟下我，找其他年輕女孩當情婦吧。

「所以能久違地體會到自己是個女人，讓我很開心。」

「既然亞美莉大嫂這麼說，那就算了。不過這間小屋還真誇張……」

雖然這裡一開始只有床，但現在已經變得相當豪華。

「換一張床吧。另外還需要靠墊、床單和枕頭。這些都是最需要的東西。」

威德林大人明明還年輕，但即使有好幾名未婚妻，他還是沒在婚禮前對她們出手。

話雖如此，以他的身分也不能去風月場所。

所以結果就是他經常來找我，這樣他當然會對小屋的狀態感到不滿，於是便接連帶了許多家具和生活用品過來。

「這床看起來很貴。」

「反正是別人送的，所以不必在意。」

「別人送的……」

我從來沒見過這麼豪華的床。

因為那是鮑麥斯特騎士爵家和我的娘家都買不起的高級品。

靠墊和床單等寢具，也都是最高級品，洗的時候也得特別注意。

「這房間看起來有點冷清。」

接著他又帶了地毯、壁紙和窗簾過來，讓小屋的內部變得豪華到和外觀完全不同。

「亞美莉大嫂，這間小屋姑且也有浴室吧。」

「雖然打水很麻煩。」

「而且浴缸又窄又髒……」

附設的浴缸被換成新的大型浴缸，還順便鋪上磁磚。

「浴室的裝潢就沒辦法了……雖然能勉強貼個壁紙。」

然而威德林大人居然用魔法，從王都帶了專門裝潢浴室和廁所的工匠過來。

「大概要花幾天？」

「以這個面積，只要兩天就夠了。」

「我每天早晚都會去王都接送你，請你在室內隱密地工作。我會出比一般行情高十倍的日薪。」

「遵命！我會把這裡打理得非常漂亮！」

因為威德林大人能用魔法自由移動，所以他從王都找來工匠，改裝浴室和廁所。

「那個，威德林大人？」

「這位工匠沒問題。因為他專門處理這種工作。」

貴族或有錢人在改裝不想讓家人知道的藏嬌處時，就會高價聘請這種人，相對地，他們也會嚴守祕密。

威德林大人請的就是這種工匠。

「所以這間小屋的裝潢才會這麼棒啊。感覺這裡的裝潢比我正在蓋的新家還要好。」

保羅大人在看見威德林大人運用財力改裝過的小屋內部裝潢後，露出有些僵硬的表情。

「這衣櫃真漂亮……」

「呃……」

威德林大人開始經常送我首飾或衣服。

「我們去王都購物吧。」

「威德林大人，要是被別人認出來……」

「放心啦。」

因為內衣也換成漂亮一點的會比較好，所以他用魔法帶我去王都的高級店購物。

我有生以來第一次來到從小就憧憬的王都，其實原本應該要花大錢買魔導飛行船的船票才能去，但威德林大人用魔法一瞬間就到了。

「請戴上這個戒指。這是變裝用的魔法道具。」

利用大貴族想偷偷出門時會使用的變裝用魔法道具，他帶我去了許多地方。

「這樣對艾莉絲大人她們太不好意思了……」

「我每天都忙著在做土木工程啊。」

每星期有五天，威德林大人會利用傍晚到就寢之間的時間，帶我出去約會或在那間小屋與我幽會。

「我今天跟大家說會在工地現場吃晚餐。」

說完後，他帶我到王都的高級餐廳。

「這件內衣會不會太花俏了？」

「我不這麼覺得喔。」

他買給我的禮物，多到讓我對艾莉絲大人她們感到愧疚。

雖然這是幾年前的我完全無法想像的生活，但反正是有期限的夢幻泡影。

一想到這種生活只會持續到威德林大人結婚，我就將自己委身於這樣的幸福。

「那傢伙該不會累積了不少壓力吧？」

「有這個可能。」

雖然我們在小屋內也會做那種事，但威德林大人也經常吃著輕食和點心邊喝茶邊和我聊天，開心地看我穿他買給我的內衣和衣服，或是和我一起洗澡。

他常做些像是在對姊姊或母親撒嬌的事情。

「因為他小時候非常早熟，所以現在這樣才達成平衡嗎？不過一星期來五次不會被未婚妻們發現嗎？啊，家臣們會幫忙圓謊吧。」

「羅德里希大人應該會巧妙地幫他蒙混過去吧？」

「那個人很優秀。不過威爾常來這裡真是幫了大忙。」

為了兼顧不在場證明，領地內的土木工程進度以驚人的速度大幅推進，所以這對保羅大人來說確實是一件好事。

「此外預定要讓小卡爾和奧斯卡繼承的領地，也開始進行基礎工程了。」

預定要讓我的兩個孩子繼承的領地，就在這裡的隔壁。

雖然現在還是無人居住的草原，但威德林大人已經開始用魔法對那裡進行整地和區域規劃。

其實現在已經確定從明年開始，我的老家邁巴赫家就會派家臣和人手過來進行開發。

威德林大人應該是考量到這樣等長男小卡爾成年時，開發就已經告一段落了。

次男奧斯卡將以侍從長的身分創設分家，公公也答應我會盡力協助他。

「這樣感覺像是在利用亞美莉大嫂，讓我覺得很不好意思。不過他似乎非常中意妳。」

「但我很開心喔。因為能被當成一個女人追求。」

「他該不會想在結婚後，也繼續維持這個關係吧。」

「這絕對不行。」

這段關係終究只能持續到威德林大人結婚為止，若讓我們的關係繼續延續下去，對雙方都沒有好處。

「我本來以為那個人去世後，我身為女人的人生也跟著結束了。沒想到這半年能再次變回女人。我會依靠這段回憶，在背後支持邁巴赫騎士爵家。順利的話，應該能發展成準男爵家吧。」

「我是覺得妳不必那麼逼迫自己……」

「而且可不能太小看威德林大人的未婚妻們。女人的直覺很敏銳。如果有一定的期限，那艾莉絲大人就算不滿，也會睜一隻眼閉一隻眼吧。」

「這方面的事情，我就不太懂了。畢竟我連自己的妻子在想什麼都不太清楚。而且我再過不久就得娶側室了吧。我已經覺得有點累了。」

「這可不行喔。畢竟保羅大人現在可是當紅的鮑麥斯特派閥的成員之一。」

「只是靠弟弟的權勢而已。」

離威德林大人結婚，還有一段時間。

我決定要在這段有限的時間裡，盡可能作為一個女人活著。

即使這麼做會對不起去世的丈夫和孩子們。

＊　＊　＊

儘管不能讓別人知道我和亞美莉大嫂的關係，但女人的直覺果然非常敏銳。

「威德林大人。現在請你只看著我一個人，只為我一個人著迷。」

我將自己的嘴唇印上艾莉絲的嘴唇代替回答，就這樣將她推倒到床上。

距離我們在王都相遇，已經過了將近四年，我和艾莉絲終於成為真正的夫妻了。

「威德林大人。」

隔天早上，我們兩人基於長年的習慣，在跟平常一樣的時間醒來。

一起全裸躺在床上後，我發現艾莉絲的胸部果然驚人。

即使躺著，也能維持原本的形狀。

順帶一提，我前世的女朋友胸部並沒這麼大。

「早安，艾莉絲。呃，沒事吧？」

「我是沒事……」

我們都還年輕，而且我還有練習師傅透過特別的祕密頁傳授給我的「精力回復」魔法這個正當理由。

不對，其實我只是忠於自己的慾望而已。

艾莉絲一開始雖然還會說有點痛或累，但她會使用治癒魔法。

結果我們直到睡著為止，反覆試驗了好幾次。

「要一起洗個晨澡嗎？」

「好的。」

考慮到多米妮克在外面聽，而且我們還把床上弄得一團亂，我們急忙穿上浴袍，逃也似的移動到浴室。

「明明多米妮克也才剛新婚……真是對不起。」

「不……艾莉絲大人順利當上夫人，是一件值得慶賀的事情……」

艾莉絲向房間外的多米妮克道歉，後者一看見床上的慘狀，便露出僵硬的表情。

「該不會連續五天都要這樣……」

因為能夠信任的女僕就只有她一個，所以之後四天，多米妮克都要按照習俗在寢室外偷聽。

「其他幾位夫人也一樣，大家都好厲害……」

「『精力回復』嗎？那個不能對女性使用吧。」

「在那之前，我比較擔心卡特琳娜的腦袋會不會沸騰。」

「威德林先生，我可是我們當中年紀最大的成熟女性。」

「（呃，就是因為看起來不太像，我才擔心……）」

「我就來協助威德林先生學會新的魔法吧。」

卡特琳娜也會使用治癒魔法，她和艾莉絲一樣邊回復自己邊努力。

「我要滿足威爾大人。」

「薇爾瑪真的知道那是什麼意思嗎？」

「我有看書學習。」

因為英雄症候群而擁有超人力量的薇爾瑪，體力也是超人等級。

「換句話說，就是要比體力囉。」

「這又不是在鍛鍊武藝……」

「喔呵呵呵呵。這就像威爾和我之間的男女修行啊！」

能透過「冥想」來治癒自己、本身的身體能力也很優異的露易絲，也像是要與艾莉絲她們對抗般，努力到快天亮。

「我可不像其他四人那麼厲害喔。」

「我自己也只有普通水準。」

為了避免誤會，我得先說明一下，「精力回復」並無法增強精力。

只是讓人恢復原本的狀態。

「就算只有這樣也很厲害了。畢竟我無法自己回復。」

「好好好，我知道了。我會幫妳用回復魔法。」

如果只看身體能力，伊娜其實和露易絲差不多。

再加上有我幫她回復，最後果然還是持續努力到早上。

就在我們早上打開寢室的門準備去洗澡時，我發現多米妮克流著眼淚露出鬆了口氣的表情。

「總算結束了……不過床上好亂……得拜託羅德里希大人多僱用幾名女僕了……」

因為連續上了五天夜班而疲憊不堪的多米妮克實在太可憐，所以我直接將她希望增僱女僕的要求轉達給羅德里希。

此外為了回報她的奮鬥，我還給了她三天特休和特別獎金。

雖然這同時也是為了保密。

第四話 新婚生活讓祕密增加了

「和我在一起時，可別使用『精力回復』喔。」

「那當然。」

「都已經有五名妻子了，必須以那裡為主才行。」

順利和艾莉絲她們結婚後，過了約一個月。

現在是傍晚，我仍持續和亞美莉大嫂幽會。

「而且照理說身為『配女』的我，在威爾結婚的同時就該被免職了。」

「這就是大貴族的任性作戰。」

我和亞美莉大嫂的關係，在我結婚後依然沒有結束。

是我硬要持續下去。

身為目前炙手可熱的伯爵大人，不管我多任性，周圍的人都不敢有意見。

至少表面上是如此。

而不管別人在背後說什麼都不放在心上，才能叫做大貴族。

總之似乎就是這麼一回事。

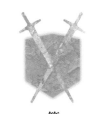

之前羅德里希曾跟我說過。

「不會有人因為這點程度的事情就跑來抱怨啦……」

雖然這在地球可能是個大問題，但在這個世界似乎沒什麼好奇怪的。

不如說認為「撫養企圖殺害自己的哥哥的妻子，並答應授予爵位和領地給姪子的鮑麥斯特伯爵真是剛毅」的人還比較多。

儘管這方面的價值觀差異令人驚訝，但在這樣的背景下，我每個星期依然會和亞美莉大嫂幽會一次。

每個星期我都會花五天依序陪伴妻子們，剩下的兩天是我的自由日。

我會在那兩天自由日中，找一天和亞美莉大嫂幽會數小時。

艾莉絲她們當然也有發現，但仍默許我的行為。

只是因為我還必須趕回家，所以也不會太過貪心。

我們偶爾會用魔法移動到王都約會，這也是為了讓我能喘口氣。

唉，雖然每兩次就會有一次做該做的事情。

「威爾真是奇怪。明明有五個年輕又可愛的妻子，卻還花時間陪我這種老女人。」

亞美莉大嫂並沒有她自己說得那麼老。

不如說以一個二十七歲又有兩個小孩的人來說，她看起來還算是年輕了。

她的身材不差，皮膚也很好。

只是因為她至今一直都在貧窮的鮑麥斯特騎士爵家生活，才給人一點飽經風霜的感覺。

而且在只有我們兩個人時，她開始會像以前那樣叫我「威爾」。

是我拜託她的。

因為最近叫我「主公大人」或「鮑麥斯特伯爵大人」的人愈來愈多，讓我覺得有點討厭。

為了讓精神能夠平衡，我刻意要求亞美莉大嫂這麼叫我。

「作為一個祕密情人，直到威爾厭倦為止，我都會陪你在一起。」

「貴族真是麻煩呢。」

「我老家的父親也是這樣。這是當然的。」

像這樣對她訴苦，也是我的目的之一。

亞美莉大嫂的年紀比我大，所以比較好向她傾訴。

「貴族的當家真容易累積壓力。」

我隱約能夠理解貴族為何會有許多老婆，以及生活奢侈的原因了。

因為平常要面臨許多辛苦的事情，所以才需要發洩壓力。

雖然也有人因為做得太過火而敗壞了自己的名聲，或是因此被債務壓得喘不過氣。

「所以來這裡也算是為了放鬆。」

「這樣我就能接受了。呃，我的臉上沾了什麼東西嗎？」

雖然我們兩人是全裸躺在床上聊天，但亞美莉大嫂似乎注意到我的視線。

「沒什麼，我只是在測量妳的魔力。」

「我的魔力和普通人一樣喔。」

儘管我確認了好幾次，但亞美莉大嫂的魔力的確和普通人一樣。

她只有極微量的魔力，和這世界大部分的人一樣。

「我想也是……」

「怎麼了嗎？」

「呃，雖然傳出去會很麻煩，所以目前還是重要的機密，但過不久應該就會被發現吧？」

「早知道就不問了……」

亞美莉大嫂口風很緊，所以我經常將不能告訴別人的事情說給她聽。

例如討厭的貴族、像寄生蟲般的貴族，以及愚蠢貴族的事情。

再來就是儘管我和妻子們相處融洽，但也不是完全沒有不滿，所以偶爾會稍微向亞美莉大嫂抱怨一下。

考慮到這些方面，亞美莉大嫂對我來說是必要的。

「其實啊……」

我開始訴說新婚後發現的事實。

那是發生在與艾莉絲的初夜結束後的隔天早上的事情。

我們洗好澡去餐廳吃早餐時，住在領主館的布蘭塔克先生、導師和卡特琳娜都一起走向艾莉絲。

「那個，妳的魔力是不是稍微提升了？」

「在下也這麼覺得……」

「我也發現了。」

昨晚興奮過頭的我，也急忙開始測量艾莉絲的魔力，然後發現她的魔力的確有明顯的提升。

艾莉絲擁有中級偏高的魔力，不過因為從小就連續使用「治癒」和「淨化」，所以她的魔力在十一歲時就停止增加了。

身為「聖女」的她忙於用魔法替別人治療，因此魔力很快就成長到極限。

然而她的魔力量，居然在將近十六歲時再次成長了。

正常來講，這是不可能的事情。

因為這大幅背離魔力量成長的常識。

「說到你們做了哪檔事，當然只有『那檔事』啊。」

「呃……那個……」

布蘭塔克先生說了個符合他年齡的低俗冷笑話，讓艾莉絲羞紅了臉，但笑著旁觀的我，或許也跟他是同類。

「師傅，你太下流了。」

「不好意思，只是這很有可能就是原因。」

布蘭塔克先生打斷卡特琳娜的非難，提出其中一個可能性。

「換句話說，只要和伯爵大人做那種事，魔力就會增加。我不曉得原因和詳細的條件，也不要問我原理。這是該交給王都那些由老骨董組成的魔導公會調查的案件。」

布蘭塔克先生提出的理論可能性非常高，在我們之間造成不小的震撼。

「所以才要觀察我的魔力嗎？不過……」

雖然我們已經維持這種關係好幾個月了，但亞美莉大嫂的魔力量並沒有改變。

這表示她沒有隱藏的魔法才能。

「真遺憾。要是能以魔法師的身分做些什麼，應該會很有趣。那其他幾位太太呢？」

問完後，亞美莉大嫂像魔法師般伸出雙手喊了聲「嘿呀」。

我覺得那個樣子有點可愛。

「你之後應該很辛苦吧？」

「呃，是滿辛苦的……」

在這個可能性被提出來後，我變得異常忙碌。

「威德林先生，請別客氣。」

「我想用魔法。」

「如果魔力增加，或許我也有機會使用火炎球。」

「我也有這個可能性……」

我告訴亞美莉大嫂那四個人因此變得極度積極，害我非常辛苦的事情。

至於關鍵的效果，如同布蘭塔克先生的預測，四人的魔力量都增加了。

「威德林大人，請您別太過勉強。」

只有正妻艾莉絲是唯一一個溫柔的人，但我果然還是抵擋不住巨乳的誘惑。

這一定都是那對胸部的錯。

「威德林大人，您不累嗎？」

「回復魔法就是為此存在的。」

基於這樣的理由，我每個星期會有五天連晚上都很忙。

「雖然是輸給慾望的威爾不好，但艾莉絲小姐是正妻，得盡早讓她產下子嗣才行。」

「說得也是。」

「那伊娜小姐也有增強嗎？」

「伊娜會無意識地將魔力用在槍術和強化身體能力上面。」

雖然普通人也會無意識地這麼做，但伊娜會使用比普通人還要稍微多一點的魔力。

在初夜後的隔天早上，她的魔力也大幅提升，布蘭塔克先生也說她現在勉強能算個魔法師。

「伊娜的增加量很多呢。」

「魔力少的人，即使次數一樣，增加量也會比較多吧？」

卡特琳娜的推測應該幾乎沒錯。

即使獲得相同的經驗值，等級（魔力）較低的人會比較容易升級。

雖然不確定那種行為產生的效果算不算經驗值，但既然魔力量真的有提升，那這樣的想法應該沒錯。

「威爾大人，我也進步很多喔。我想繼續提升魔力。」

薇爾瑪的魔力量和伊娜差不多，因此從第一次開始就大幅增加。

「我也要以上級為目標。當然，因為是新婚，所以各方面都得好好努力才行。」

露易絲也像個肉食性動物般看向我。

「薇爾瑪小姐，露易絲小姐，也必須考慮到威德林大人的體力……」

身為治癒魔法高手的艾莉絲有一半是站在醫生的立場，勸告精力充沛的兩人。

要是害我死在床上，那可就不得了了。

「伊娜小姐也一樣。」

「咦？我有逼迫他嗎？」

「因為魔力增加，似乎讓伊娜非常開心。」

雖然和這種效果沒什麼關係，但由於這一個月是新婚期間，因此羅德里希幫我安排了許多休假。

在進行魔法鍛鍊，以及處理比平常少一點的土木工程和去魔之森狩獵的空檔，又再次出現會讓多米妮克驚訝不已的光景。

「艾莉絲，那是什麼？」

「考慮到威德林大人的身體狀況，我事先將預定都安排好了。」

艾莉絲笑著將夜晚的預定表交給在色慾、自由和捕食之間搖擺不定的我。

像這種時候，更能突顯出艾莉絲的賢慧。

「當然我也想早點有小孩，但暫時享受一下新婚生活也不錯。」

雖然絕大部分是為了傳宗接代，但很少人會討厭魔力增加。

拜此之賜，我在各方面都變得很辛苦。

我本來以為這會是還算不錯的一個月。

「威爾徹底沉溺在女色當中呢。」

「哈哈哈——男人本來就是一種會因為女人、酒或金錢之類的東西逐漸墮落的生物。」

結果變成沉溺在自己的色慾當中，非常辛苦的一個月。

再加上和亞美莉大嫂的幽會，我開始覺得或許人的慾望真的沒有極限。

「然後結果怎麼樣？」

「這個嘛。」

我所有妻子的魔力量，都在這個月有所提升。

艾莉絲甚至成長到上級的中間程度。
儘管會用的魔法種類沒有變多，但光是能使用的次數和威力增加，就算很厲害了。
「要是能用攻擊魔法就好了……」
「這部分就交給其他人吧。而且妳的治癒魔法是我們當中最厲害的。」
「這麼說也有道理。」
艾莉絲對我的話表示贊同。
再來是薇爾瑪的魔力也提升到中級的程度。
「無法使用魔法……」
「妳不是已經在用了嗎？」
向布蘭塔克先生學了控制魔力的基礎後，薇爾瑪變得能使用「身體能力強化」和「武器賦予」的魔法。
她缺乏所有屬性魔法的才能，因此主要是用無屬性的魔法強化身體，或是在武器上附加魔力提高威力。
也可以說她原本的戰鬥方式獲得了強化。
「威德林大人。薇爾瑪小姐說的魔法，應該是指像火炎球那樣的招式吧？」
「我也這麼覺得……」
事情應該就像艾莉絲說的那樣，但這是天賦的問題，所以也無可奈何。

她現在已經變得很強了，所以我是覺得不需要在意，但薇爾瑪心目中的魔法，應該是能華麗地放出火炎的招式吧。

一般人對魔法的印象主要也是如此，所以難怪會注重使用起來的樣子。

「雖然魔力增加了……」

露易絲的魔力量也增加到幾乎和布蘭塔克先生一樣。

「不過能用的魔法沒有增加。」

「畢竟魔力量和能使用哪些魔法的才能是不一樣的東西。能變強就很好了吧。而且妳的魔力量也追上我了。」

魔力量幾乎被追上的布蘭塔克先生苦笑地安慰露易絲。

「卡特琳娜的魔力會不會太誇張了？」

「足以和不久之前的導師匹敵呢。」

「雖然魔力量增大是件值得慶賀的事情，但會用的魔法沒有增加呢。」

卡特琳娜的魔力也增加了許多。

她的魔力原本就很高，所以沒想到會增加這麼多。

不過會用的魔法和天賦有關，即使魔力增加，也不代表能用的魔法種類一定會跟著變多。

不過以她的魔力量，應該沒有會因為魔力不足而無法使用的魔法。

「然後是伊娜。」

排在最後的伊娜，或許算是變化最大的一個。

「布蘭塔克先生，這個『火炎槍』好厲害。」

「要透過反覆練習，提升熟練度喔。」

魔力量提升到中級的伊娜，學會了「身體能力強化」和「屬性槍術」的魔法。

後者正如名稱所示，是在槍尖附加屬性魔法，藉此提升威力的招式。

雖然伊娜有「火」屬性和「風」屬性的魔法天賦，但不會放出系的魔法。

在槍上附加魔法，算是不得已的手段。

庭院內的岩石在被「火炎槍」和「風斬槍」攻擊後，不是碎裂就是融解。

「好強的威力。必須多練習才行。」

「伊娜看起來好開心……」

「魔法真有趣！」

破壞幾顆岩石後一臉開心的伊娜，似乎讓她的好友露易絲有點不敢恭維。

「不過槍的消耗非常嚴重。」

「只要用個幾次，鐵製或青銅製的槍就會損壞。如果是純祕銀製的槍應該就沒問題。」

「我馬上去買。」

布蘭塔克先生指導伊娜更換武器。

我的新婚期間，就像這樣變成「妻子強化月」。

我也變成「體力回復」和「精力回復」魔法的高手。

「那不是很辛苦嗎？」

「其實真的非常辛苦。」

根據導師和布蘭塔克先生的分析，即使只有微量的魔力，只要讓有魔法師資質的女性和我做那種事，很可能就能讓她們的魔力提升。

至於能使用的魔法種類，就要看本人的才能。

最明顯的例子，就是變得能使用以前因為魔力不足而無法使用的魔法的伊娜。

至於能增加到什麼程度，也一樣要看本人的才能。

即使是做過「容量配合」導致魔力量停止成長的人，只要還有成長空間，魔力就會增加。

雖然在這段約一個月的期間，五人的魔力量已經停止成長，但未來還是有可能再增加。

儘管還要繼續調查，但只要繼續維持夫妻關係，就能輕易進行觀察。

「要是傳出去會很不妙吧？」

「嗯……希望妳能夠保密。」

「也不能告訴公公……」

「拜託別告訴父親。否則他會昏倒吧。」

他和母親一樣是偏小市民的貴族，應該無法承受這麼重大的話題。

「話說一個月就成長這麼多……若被其他魔法師看見一定會被發現。」

布蘭塔克先生說得沒錯，由於現在妻子們的魔力都大幅提升，要是被專家看見一定馬上就會漏餡。

在那之前，布蘭塔克先生和導師得先各自向自己的主人布雷希洛德藩侯與陛下報告。

「沒問題吧？」

「這種事反而沒那麼容易洩漏吧。」

因為要是洩漏一定會造成混亂。

因此王都只有導師和陛下知道。

在布雷希洛德藩侯家，應該也只有布蘭塔克先生和布雷希洛德藩侯知道。

「不然女魔法師們會跑過來要你『抱』她們吧。」

那個場面光想像就讓人毛骨悚然。

如果是虛構故事，或許還能笑得出來，但實際碰上這種狀況可讓人受不了。

魔法師有一半是女性，其中也有許多歐巴桑或老太太。

即使是我，也沒那麼強悍的精神力。

「還有更麻煩的事情。」

只要看伊娜這個例子就能明白，即使是至今一直不被當成魔法師的人，或是只有微薄的魔法師資質的人，也有魔力提升的可能性。

或許連想成為魔法師的女性都會跑來找我也不一定。

而那些人裡，當然也會摻雜歐巴桑或老太太。

再來就是貴族自己主動奉上女兒，如果女兒的魔力沒有提升，就叫我「為女兒的貞潔負責」的狀況。

雖然是類似詐欺的手法，但只要我有實際出手，就不會讓人覺得奇怪。

「就算是這樣，如果只有女性倒還好。」

希望魔力能提升的人，可不是只有女性。

「艾爾變成最弱的一個了。雖然以前就是如此。」

「薇爾瑪，妳還真敢說呢！威爾，對我的屁股出手吧！」

「這玩笑也開得太大了！」

雖然薇爾瑪的嘴巴也很毒，但就算是玩笑話，我也不想碰男人的屁股。

「我只要維持現在的魔力就夠了……」

「在下每天都有修練，魔力也依然持續在提升，所以沒問題！」

何況以男性為對象是否能提升魔力，目前還是個未知數。

在那之前，我連試都不想試。

「艾爾先生，同性戀是異端。光是害威德林大人傳出那樣的流言，就可能會被處罰。」

「對不起……」

即使只是開玩笑，與教會有關係的艾莉絲還是嚴厲地指責艾爾。

在這個世界，同性戀受到的非難可不是開玩笑的。

就算是貴族，搞不好也會構成當家換人或貶為平民的原因。

除了一部分的教派以外，教會之所以允許成員自由結婚，也是因為男神官之間的同性戀愛曾引發問題。

「薇爾瑪小姐也有不對。」

「艾爾，對不起。」

「沒關係啦，那這件事要怎麼辦？」

「也只能先保密了。」

對外宣稱她們的魔力是透過容量配合提升，但原因不明。

如果不這麼做，或許會有男魔法師跑來要求我對他們的屁股下手。光是想像，就讓人覺得是一場惡夢。

「真的早知道就不聽了。」

「請妳別洩漏出去喔。」

「這根本不能隨便洩漏出去吧。而且還有另一個問題吧。」

「是啊……」

那就是若擁有這種奇妙能力的我和擁有魔法資質的妻子們生了小孩，那孩子或許會具備魔力。一旦這個事實被揭露，貴族們又會再次將女兒強迫推銷給我。

「真辛苦……」

「所以我才會偶爾來這裡。」

「我能夠理解。」

沒錯，和亞美莉大嫂在一起對我來說是種治癒。

我為了遺忘再次增加的難題，直接將身體靠在亞美莉大嫂身上。

雖然即使能暫時遺忘，最終還是無法逃避。

第五話　嘗試外出度假

在我和艾莉絲她們結婚後，又過了一個半月。

除了偶爾從埃里希哥哥那裡取得關於需要特別注意的糟糕貴族的情報外，我每天都會打開師傅留下的魔法書的祕密頁，邊回復精力邊克盡身為貴族與丈夫的義務。

我現在也在床上，伊娜正全裸躺在我的旁邊。

「小孩啊……」

「威爾想要嗎？」

我一回想起與埃里希哥哥的對話，伊娜就愧疚地向我問道。

我們才結婚一個半月，所以應該不需要這麼著急。

雖然沒小孩可能會讓妻子沒面子，但那也是很久以後的事情。

「該什麼時候生呢。只要在大約二十歲之前有小孩就行了吧？」

「再怎麼說要是四年都沒生小孩，一定會有人勸你娶新的側室吧。」

「原來如此，這麼說也對，不過……」

儘管這樣講有點低俗，但我該做的事情都有做，所以過不久自然就會有小孩吧。

然而伊娜露出消沉的表情。

「妳在擔心什麼？」

「你想想看，我們的魔力最近不是提升了嗎？雖然我一開始很興奮，但不曉得會不會有什麼副作用……」

魔力提升會不會妨礙懷孕？

的確無法百分之百肯定不會有那種副作用。

「不過妳的魔力已經停止提升了吧？」

「雖然畢竟還是停止了，但一個月就升到中級的魔力，已經讓我非常滿足了。」

在魔法師當中，每十個人只會有一個中級。

即使會用的魔法不多，還是能幫忙提升戰鬥力，因此伊娜非常滿足。

話說之前和羅德里希比試槍術時，伊娜也擊敗了他。

「不愧是夫人。」

雖然羅德里希當時笑著如此說道，但我很清楚。

他之後只要一有空，就會重新進行槍術訓練。

羅德里希其實非常輸不起。

「既然魔力已經停止提升，之後應該就能正常懷孕。」

「說得也是。一定是這樣。」

「所以我們再來做一次吧。」
「威爾，你就不能說得好聽一點嗎？」
雖然不是不行，但應該無法做到像伊娜平常看的那些書的主角那樣吧。
那種難為情的甜言蜜語，身為前日本人的我實在是羞得說不出口。
「讓我考慮一下。」
「喂喂喂，不是這樣的吧。」
以我們的肉體年齡來說，應該不至於這麼快結束。
畢竟我的肉體還只有十六歲。
「開玩笑的啦。要是讓你太常去亞美莉小姐那裡，我也會很困擾。」
「亞美莉大嫂怎麼了嗎？」
「亞美莉小姐的魔力有提升嗎？」
「完全沒有。」
「威爾，你根本沒打算隱瞞吧？」
雖然知道伊娜是在套我的話，但我還是刻意裝出中計的樣子。
不過伊娜馬上就發現了。
「哎呀，被發現啦。」
「真是的，雖然當初認識你的時候，我就知道你是個究極的爛好人。」

「我覺得現在也差不多。」

「說得也是。畢竟你連我這種人都願意娶。」

夜晚還很長，所以之後我馬上就繼續努力，一旦開始就不可能只做一次，這或許是世間的法則。

然後，我們又像平常那樣迎接早晨。

床上的慘狀還是一如往常，我們也養成了一起晨澡的習慣。

「和女人混浴啊。威爾，我詛咒你變性無能！」

雖然艾爾在和我獨處時會咒罵我，但他好歹也知道不能在其他家臣也在時這麼做。

對他們來說，只要我多和妻子有肌膚之親，就能早點產下子嗣，是件值得高興的事情。

「伊娜的頭髮真漂亮。」

「謝謝。其實這或許是我身為女性唯一能驕傲的部分。」

儘管平常都是束起來，但伊娜那頭宛如火焰的紅髮非常滑順。

「卡特琳娜的頭髮偶爾會大爆發呢。」

「她每天早上都要花時間整理。」

這是因為她的大小姐縱捲髮其實翹得非常厲害。

每天早上都要強硬弄成那樣的髮型。

看著她用魔法產生的熱整理頭髮，我心想她在地球或許不用燙髮機也能開美容院。

「威爾幫忙做的護髮乳非常有效呢。」

雖然這個世界有洗髮精，但沒有潤絲精。
貴族子女在洗完頭髮後，都是用髮油來梳理頭髮。
於是我用醋做了天然的潤絲精送給妻子們。
由於評價非常好，不知何時察覺到這件事的艾戴里歐先生，預定將改良這項產品加以販賣。
他的嗅覺還是一樣靈敏。
「那真是太好了。我來幫妳洗頭髮吧。」
「我自己會洗啦。」
「一個星期一次應該沒關係吧。」
「謝謝你。」
我們互相幫忙洗完身體後，走出浴室。
在前往客廳的途中經過寢室前面時，發現多米妮克在指導新的女僕整理床鋪。
雖然我從初夜開始就一直給她添麻煩，但現在總算補充了新的人員。
新女僕用緞帶將亞麻色的頭髮綁在頭的兩側，儘管那個髮型讓她的外表顯得年幼，但她無論身高還是胸部大小都勝過露易絲。
我記得她叫做蕾亞。
她和留著剪齊的深褐色中長髮、在結婚後給人的感覺變得更加穩重的多米妮克，是完全相反的類型。

「聽好囉？現在的鮑麥斯特伯爵家就和妳看到的一樣，有很多必須保密的事情。」

「簡單來講，就是主人精力過人吧。」

「妳的聲音太大了。」

我和伊娜一起側耳傾聽，發現多米妮克正在向年輕女僕說明注意事項。

「主人精力過人……這表示我和多米妮克姊也有機會吧！」

「我已經結婚了……」

「不過主人仍對多米妮克姊的美貌產生情慾！」

「哼！」

多米妮克賞了發言不慎的年輕女僕的頭頂一拳。

感覺我們似乎看見她令人意外的一面。

「聽好囉？主人不會做那種不道德的事情。」

我還不至於不明事理到對別人的妻子出手。

雖然多米妮克對我似乎有很高的評價，但考慮到亞美莉大嫂的事情，我覺得她還是太高估我了。

「威爾？」

「艾莉絲從小就認識的女僕太高估我，讓我覺得有點難受。」

「亞美莉小姐的事情應該沒關係吧？畢竟她現在算是單身。」

「嗚嗚。謝謝妳。」

「也不用哭吧……」

伊娜的溫柔，讓我有點眼眶含淚。

「聽好囉，蕾亞。妳之所以獲得推薦，是因為妳是我的表妹。要是妳亂散布謠言被處罰，我的名聲也會跟著變差。」

雖然靠關係獲得工作的人在日本經常被譴責，但要是那些人失敗，推薦的人也會臉上無光。並非單純只有輕鬆和令人羨慕的事情。

「而且若主人精力過人的事情傳出去，會讓來推銷女兒的人變更多。」

多米妮克向表妹說明這狀況可能會讓不惜獻出女兒，也想強化關係或取得特權的貴族與商人增加。

「換句話說，這可能會危害到艾莉絲大人的立場。」

後來加入的側室獲得寵愛，導致正妻被冷落。擾亂妻子們的和諧。

這在貴族社會是常有的事情。

「多虧艾莉絲大人當上主人的正妻，我和蕾亞才能獲得如此優渥的待遇。」

「這裡的薪水的確不錯。」

因為工作地點在王國南端的未開發地，所以我給的薪水比一般行情還要高。

我是把這當成在偏遠地區工作的津貼。

「咳嗯。事情就是這樣，妳要安靜地把床鋪整理好，並快點學會其他工作。」

「我知道了。從床上的慘狀來看，特別津貼算是封口費吧。」

「哼！」

多米妮克再次朝蕾亞的頭頂揮下拳頭。

「感覺小時候的快樂記憶，和之前學的工作都被打飛了。」

「那妳就別說那些多餘的話！」

「多米妮克姊好嚴厲……」

雖然經常因為多嘴惹多米妮克生氣，但這名叫蕾亞的女僕動作非常俐落。

她快速地按照指示整理床鋪。

「多米妮克姊，床單的狀況好誇張喔。既然這麼厲害，表示我或許也有機會成為主人的側室。」

「哼！」

多米妮克朝蕾亞的頭頂揮出第三拳。

「好痛喔，多米妮克姊。感覺五歲時去雷曼湖游泳的記憶快消失了。」

「這不是沒消失嗎？要去下一個房間了。」

我和伊娜馬上從寢室前方前往客廳，但路上聊的全都是和新女僕有關的話題。

「那女孩沒問題吧？」

「雖然口風有點鬆，但手腳滿俐落的。大概是多米妮克教得好吧。」

「說得也是。」

到客廳後，其他女僕幫我們準備了早餐。

不過家裡有許多女僕幫忙打理的生活，還真是不容易習慣。

因為窮習慣了，所以反而靜不下來。

「主人。您今天想吃哪一種？」

「白飯。」

「在下也要大碗白飯！」

在家裡用餐時，能自由選擇要吃白飯或麵包。

我通常都是吃飯，最近反而比較少待在王都的導師，也將自備的大碗遞給女僕盛飯。

不過這個人真的不用去王宮上班嗎？

「導師，你在王城都沒有公務要辦嗎？」

「嚴格來說是有，但即使在下沒出席也沒關係！」

身為王國「最終兵器」的導師，在最終局面來臨前，基本上都很閒。

「在下沒有工作，就證明這個國家目前很和平！話說布蘭塔克大人今天會來嗎？」

「他休假。」

除非我用「瞬間移動」去接他，否則他無法立刻趕來這裡。

今天沒有安排那種行程，而且他最近工作過度，暫時應該會與新婚妻子一起享受休假生活。

「那鮑麥斯特伯爵的預定呢？」

「今天整天都是休息日。」

「那我們去魔之森狩獵吧！」

「不，我不去。因為休假。」

雖然有一半是興趣，但去魔之森狩獵同時也是我的工作。

既然放假，那就沒必要去。

「什麼！真無聊！」

「相對地，我會去泡海水浴。」

「海水浴？」

其實這次的度假計畫我事先完全沒告訴其他人，就連艾莉絲她們都不知道。

突然從我這裡聽到今天的預定，她們都顯得有點驚訝。

「威德林大人。所謂的海水浴，是指在炎熱時期去海邊嗎？」

「沒錯。」

這個世界也有海水浴的習慣。

不過王都和布雷希柏格都離海很遠，所以大多數的人都是去附近的河川或湖泊。

雖然有些有錢人還是會特地請假跑去海邊。

「我七年前曾經去過東方的海邊。」

「真不愧是艾莉絲的老家。」

伊娜對艾莉絲的海水浴經驗感到佩服。

考慮到特地從位於內陸的王都跑去海邊需要花費的時間與費用，應該沒多少人有海水浴的經驗。

「伊娜呢？」

「我頂多是去布雷希柏格附近的河川游泳。」

「我也一樣。想去海邊沒那麼容易。」

伊娜和露易絲似乎都沒有海水浴的經驗。

「薇爾瑪呢？」

「以前和威爾大人一起抓魚那次是第一次，我平常都是在河川或湖泊抓魚。」

「喔，那時候啊。」

我們曾一起去撈捕海產，當時薇爾瑪一擊就砍斷了靠近沙灘的海龍(serpent)的頭……

「海，很好吃，我還想再吃。」

當時與其說是海水浴，不如說是去捕魚。

「卡特琳娜呢？」

「西部離海很近，所以我曾去過一次。不過有那麼有趣嗎？」

「那是因為卡特琳娜是一個人去吧。」

「你、你怎麼知道？」

因為我也曾經做過類似的事情。

只有孤獨的人了解孤獨的人。

「基於貴族就是要去海邊的想法，我曾經去過那裡一次，但因為在那裡也沒什麼事能做，所以我靠捕魚和製鹽賺回了旅費。」

「唔！」

果然說中了……因為海對我來說，也只是補充魚貝類和鹽的場所。

「（不過話說回來，一個人去海水浴也太厲害了吧……）」

雖然我沒資格說別人，但某方面來說，卡特琳娜實在是很了不起。

她很善於獨處。

「因為鮑麥斯特伯爵家有私人海灘。」

「有那種東西嗎？」

私人海灘這個詞讓卡特琳娜眼睛一亮。

「是我擅自設立的。白天就來烤肉，享受一下假日吧。」

「聽起來很有趣。」

因為導師率先贊成，吃完早餐後，我立刻用「瞬間移動」帶大家到位於鮑麥斯特伯爵領地南端的某個私人海灘。

「真是個適合泡海水浴的日子！」

用「瞬間移動」飛到目的地的私人海灘後，白色的沙灘和透明度高的藍色海水似乎讓導師非常高興。

他明明是我們當中最年長的人，不知為何卻最像小孩子那樣興奮。

雖然現在是冬天，但即使是位於北方的利庫大山脈底下的未開發地，早上也只是有點涼的程度。

至於南方的沿海地區，則是一整年都熱到能泡海水浴。

話雖如此，這裡並不像日本那麼悶熱，感覺氣溫只有稍微超過三十度。

一進入樹蔭下就很涼爽，算是舒適的南國地區。

「話說艾爾文少年怎麼了？」

「他要參加研修。」

雖然平常是擔任我的護衛，但因為我希望未來能將率領諸侯軍的工作交給艾爾，所以他定期會去崔斯坦那裡參加研修。

「真是認真。要在下指揮軍隊是不可能的事情。」

這也無可奈何。

畢竟導師只有在獨自戰鬥，或是和高等魔法師聯手時最能發揮實力。

陛下也是因為明白這點，平常才會放任他自由行動。

「說到海水浴，就需要泳裝。」

「舅舅，我都準備好了。」

「不愧是在下的外甥女！」

艾莉絲她們自己有帶泳裝，導師的泳裝則是由艾莉絲替他準備。

大家立刻衝到樹蔭底下換衣服，導師則是突然脫下長袍在我面前換衣服。

那副連健美先生都會嚇得臉色蒼白的鋼鐵肌肉身材瞬間映入我的眼簾，但我根本就不想看男人的裸體。

我也轉過身脫掉長袍，開始換上泳裝。

「真是奇怪的泳裝……」

雖然我大致有預料到，但導師明明是男性，卻穿著布料持續覆蓋到膝蓋與手肘、宛如地球的古代人在穿的舊式泳裝。

我則是穿著以前請王都的店幫忙做的泳褲。

「我換好了。」

「不及格！」

「威爾好快！」

因為艾莉絲她們也穿著一點都不性感、連膝蓋和手肘都被厚布遮住的泳裝，所以馬上被我打槍。

最快換好的露易絲，似乎被我即時的評判嚇了一跳。

「就算你說不及格……泳裝原本就是長這個樣子。」

「不夠性感。」

「雖然我能夠理解威爾的意思，但既然你這麼覺得，就該準備新的泳裝吧。」

「呵呵，露易絲，這是妳說的。」

「嘖！你該不會有準備吧？」

「露易絲小姐，妳答對了。」

雖然我對衣服一竅不通，但還記得大概的設計。

於是我便請王都的一流裁縫師，幫我做了日本現代女性穿的泳裝。

「換成這個吧，這是當家命令。」

「唔哇——布料好少。雖然我會遵守當家的命令，但第一次收到的當家命令居然是這個？」

「我沒有錯。因為我是當家大人。」

「我是無所謂啦。反正這裡是包場的私人海灘。不過尺寸沒問題嗎？」

「露易絲，我們已經結婚一個月以上了。我怎麼可能不清楚妻子的身體尺寸。」

「威爾這個色鬼。」

講是這樣講，露易絲還是幹勁十足地連同其他妻子們的泳裝一起帶回更衣處。

「露易絲小姐，威德林大人要我們穿這個？」

「他還說是當家命令。」

「將當家命令用在這種地方……肚臍都被看光光了。」

「關鍵的部分都有遮住，所以應該還好吧？伊娜穿起來很好看喔。」

「露易絲，妳這傢伙……」

「方便行動這點還不錯。」

「薇爾瑪小姐，真羨慕妳有辦法這麼想。」

「我比較羨慕卡特琳娜的好身材。」

「貴族總是會受到周圍的關注，所以我有在特別注意。」

屏風對面傳來吵雜的談話聲，幾分鐘後，換好泳裝的妻子們出現在我和導師面前。

「原來如此，鮑麥斯特伯爵這次打算推廣新的時髦泳裝嗎？」

「不，這只是單純的興趣。」

反正這裡是私人海灘，我製作的泳裝流不流行都無所謂。

我只是想看她們穿泳裝的樣子。

除此之外沒有其他的理由。

「那個……威德林大人，舅舅……我覺得有點難為情……」

「應該只有一開始會這樣，在下覺得很快就會開始流行。」

黃色的比基尼似乎讓艾莉絲覺得很難為情。

她將身體稍微往前彎，想遮住平時經常被人注視的胸部。

不過艾莉絲的胸部果然厲害。

而且她的腰還很細，簡直就像是寫真女星。

「艾莉絲真棒。」

「是嗎？」

「反正沒有其他人在，妳可以表現得更大方一點。因為妳很漂亮。」

「好的！」

我一誇獎艾莉絲，她就變得非常開心。

「伊娜也很漂亮。」

「謝謝。」

伊娜的胸部雖然普通，但因為平常有在鍛鍊，所以身材非常苗條好看。

配上那頭紅髮，更是讓人覺得有點帥氣。

伊娜一開始還不太想穿新泳裝，但實際穿上去後，她表現得意外自在。

「真羨慕伊娜小姐沒有多餘的脂肪。」

「是嗎？」

堪稱微減肥化身的卡特琳娜，羨慕地看著伊娜纖細的身材。

「卡特琳娜，我更瘦喔。」

「呃……」

「新的泳裝也很適合我吧？發掘出我的成熟魅力。」

「的確呢……」

穿著淺藍色比基尼的露易絲，明顯和艾莉絲與伊娜是不同的類型。

講可愛應該比較貼切，這也算是她的魅力。

「我覺得很可愛。」

「我要走和艾莉絲與伊娜不同的路線，不過真羨慕薇爾瑪……」

明明同樣身材嬌小，但薇爾瑪的胸部意外地大。

這應該讓露易絲非常羨慕。

「如果再長大，會妨礙行動。」

「嗚嗚……一次也好，真想說說看這種臺詞……」

露易絲緊盯著薇爾瑪的胸部說道。

「薇爾瑪也很可愛喔。新的泳裝穿起來如何？」

「雖然有點難為情，但動起來很方便。」

穿著粉紅色比基尼的薇爾瑪在我面前轉了一圈，向我展示她的泳裝。

「因為行動方便，所以可以抓很多蝦子和貝類。」

「妳說得對……」

只是薇爾瑪果然還是以食慾優先。

這座私人海灘就是她之前打倒海龍的地方，所以海產也很豐富。

「那個……威德林先生。」

「怎麼了？卡特琳娜很容易害羞，所以我幫妳選了一件式的泳裝。」

「就算是一件式，還是很難為情啊！」

卡特琳娜是我們當中臉皮最薄的人，所以我幫她準備了紫色的一件式泳裝，但她似乎仍有怨言。

「這不是很適合妳嗎？」

「雖然作為妻子，這句話讓我很高興，但為什麼這件泳裝大腿兩側的叉開得這麼高？」

「因為是我設計的。」

卡特琳娜的泳裝是以前曾在日本流行過的高叉泳裝，此外因為設計時有減少胸口的布料，所以能輕易看出胸部的形狀。

之所以這樣設計，單純只是基於我的興趣。

沒有其他理由。

「我覺得很適合妳。」

因為卡特琳娜的外表看起來既強橫又嗜虐，所以很適合這種泳裝。

「不行嗎？」

「也不是不行……」

「那就視為當家命令。」

「為什麼要一直強調這點？」

等所有人都順利換好泳裝後，我本來打算馬上去玩，但有人拍了一下我的肩膀。

那就是導師。

「怎麼可以只排擠在下一個人！」

「意思是導師也想穿新泳裝？」

「沒有可以給在下穿的嗎？」

「有是有啦……」

保險起見，我也有訂製男性用的泳裝，交給導師幾件後，他挑了一個設計最誇張的泳裝。

那是我基於玩心製作，專為競泳選手設計的極細黑色三角泳褲。

「這件才適合在下！」

由於他突然在我們面前脫下泳裝開始換泳褲，因此我們所有人都移開視線。

一下就換好泳褲的導師，擺出健美先生般的姿勢確認穿起來的感覺。

「（感覺艾莉絲她們的美麗泳裝身影的記憶，快被導師的泳裝蓋掉了……）」

雖然感覺要是他去地球參加健美比賽一定會得優勝，但可惜我對那方面的事情完全沒興趣。

「既然大家都換好泳裝了，那應該可以開始玩了……」

但導師接著拿出裝了某種液體的瓶子。

「如果不擦防曬油，之後會曬傷吧。」

這世界也有防曬油。

儘管這裡不像地球那樣能取得二氧化鈦或氧化鋅，但還是有從植物萃取的有效商品。

因為價格不菲，所以窮人根本就買不起。

雖然貴族女性會為了面子去泡海水浴，但她們也不希望肌膚變粗糙。

「鮑麥斯特伯爵，可以幫在下擦防曬油嗎？」

由於導師提出了誇張的請求，我看向他的外甥女艾莉絲。

「那個……艾莉絲……」

「我們互相幫忙擦吧？」

「我贊成艾莉絲的意見！」

「我也贊成。」

「卡特琳娜幫我塗吧。」

「那我幫薇爾瑪小姐。」

不過似乎就連導師的外甥女艾莉絲，都不想幫他的身體擦防曬油。

她巧妙地利用讓女性成員互相幫忙的作戰，擺脫自己的危機。

於是我當然就被捨棄了。

「（我也好想加入……）」

不僅和艾莉絲她們一起互相幫忙擦防曬油的計畫失敗，我甚至還面臨得幫導師擦防曬油的困境。

雖然導師完全沒有那方面的性向，但為什麼我得悽慘地幫一個全身肌肉的四十歲大叔擦防曬油呢？

「在下也會幫鮑麥斯特伯爵擦。」

「（這我也很討厭……）」

我又面臨新的危機。

我也想正常地讓艾莉絲她們幫我擦防曬油。

「（快思考啊！思考能脫離這個危機的方法……）」

為了擺脫最壞的狀況，我靈光一閃。

儘管是個殘忍的方法，但這都是為了脫離危機。

我狠下心直接套上長袍，用「瞬間移動」飛到位於鮑爾柏格的某個警備隊駐紮地。

「主公大人？」

「我有事找艾爾。」

我靠身分直接通過守門人的盤查進入研修室，發現艾爾在那裡聽崔斯坦講課。

「主公大人？」

「崔斯坦，我要借用一下艾爾。」

「咦？什麼？」

我抓住跟不上狀況的艾爾的手，再次用「瞬間移動」返回沙灘。

「喂，到底有什麼事……唔哇——好誇張的泳裝。」

艾爾一看見艾莉絲她們的泳裝就露出色瞇瞇的表情，但她們並沒有責備他。

因為她們已經發現我的邪惡企圖。

「導師，艾爾好像無論如何都想替你擦防曬油。」

「這樣啊。那就拜託你了。」

「咦？我怎麼了？」

艾爾一轉向聲音的方向，就看見穿著三角泳褲的導師站在那裡，並馬上將防曬油的瓶子交給他。

「艾爾文少年。幫在下擦防曬油吧。麻煩全身都要擦到。」

「喂，威爾……」

艾爾總算發現我的意圖，對我露出十分厭惡的表情。

「艾爾，這是當家命令。」

「威爾，你也太狠了……」

第一次收到的當家命令就是替導師擦防曬油，這個事實似乎為艾爾的內心帶來沉重的打擊。

「其實我只要碰男性的肌膚超過一分鐘，就會起蕁麻疹。」

「誰都知道是騙人的！」

艾爾說得沒錯，這當然是謊言。

「總之這是命令，至於我就請艾莉絲幫我塗好了。」

「下地獄去吧。」

如果我站在艾爾的立場，一定也會說相同的話。

雖然如果是其他家臣這麼說，就會構成不敬罪，但我只當成耳邊風，直接走向艾莉絲她們。

「艾爾文少年，麻煩你塗仔細一點。」

「好的……」

艾爾失神般的替導師擦防曬油。

而我則是開始替還沒塗完的卡特琳娜塗防曬油。

當機立斷將導師推給艾爾的我獲得了勝利。

「怎麼樣？舒服嗎？」

「感覺你的問法好下流……」

「夫妻之間哪有什麼下流不下流的……也幫妳的屁股塗吧。」

「威德林先生，我是無所謂，但請你考慮一下周圍的視線……」

和外表不同的是，卡特琳娜在這方面只要被我一逼，就會乖乖就範。

她並沒有表現出厭惡的樣子，直接讓我替她塗防曬油。

我幫卡特琳娜的全身塗防曬油，並請艾莉絲她們幫我塗防曬油。

「威爾，也幫我塗我的屁股。」

「我很樂意。」

「呼——真舒服——」

露易絲讓我塗防曬油時，也表現得很舒服。

「這樣感覺也不錯呢。」

這算墮落嗎？

還是該說是幸福？

就在我這麼想時，讓艾爾幫忙在全身塗滿防曬油的導師擺出健美先生的姿勢。

看來艾爾似乎有好好幫導師塗，後者看起來非常滿意。

「這樣就行了。要是曬太多太陽，肌膚可能會曬傷。」

「如果是導師，就算被地獄的業火燃燒也不會有事吧……」

「艾爾文少年，在下並沒有那麼強壯。」

導師似乎以為艾爾在開玩笑，但他絕對是認真的。

畢竟就連我和艾莉絲她們都對艾爾的話表示贊同。

「那我的工作呢？」

「已經結束了。」

「喂……」

我在艾爾抱怨前，再次用「瞬間移動」飛回鮑爾柏格的警備隊駐紮地，將艾爾交給崔斯坦。

雖然覺得他很可憐，但我好不容易當上伯爵。

幫導師擦防曬油這種苦差事，還是想交給別人做。

「不覺得艾爾有點可憐嗎？」

「艾爾明天休假。還是伊娜想代替他？」

「我們快點去玩吧。」

不管再怎麼同情艾爾，伊娜還是不想自己去做。

她馬上轉換話題蒙混過去。

「要開始玩囉！在那之前……」

我這次換用「瞬間移動」飛回家，帶做完早上的工作正在待命的多米妮克和新女僕蕾亞過來。

我請她們幫忙準備午餐和飲料。

「多米妮克姊，好厲害，是私人海灘耶。」

雖然只要領地有靠海，就算是小貴族也大多有私人海灘，但若是領地沒有靠海的貴族，就只有大貴族可能會有。

對出身王都的蕾亞來說，私人海灘應該是非常奢侈的東西。

「蕾亞，別多嘴了，快點準備飲料和餐點。」

由於男性不多，因此我和導師架設從魔法袋裡拿出的陽傘和躺椅，並搭起烤肉用的爐灶。

材料事先就準備好了，多米妮克她們負責切肉與蔬菜、殺魚、泡冰瑪黛茶，以及用水果做雪酪和果汁。

「辦野外派對時毫不吝惜地使用昂貴的魔法道具……主人真是厲害。」

雖然蕾亞一臉佩服，但這些都是從魔之森的地下倉庫取得的東西。

那裡的魔法道具都和日本的家電一樣輕巧，非常好用。

沒有電線，可以自己靠補充魔力來使用這點也很棒。

因為能源效率和舊有的道具完全不同，所以補充魔力時也不需要花太多工夫。

「雖然都是撿到的東西。你們在工作的空檔也能隨意飲食，反正今天其他女僕也不在。」

因為領主館內還有其他女僕和傭人在，所以不能這麼說，但今天這裡只有我們在，所以應該沒關係。

「感謝主人。」

「多米妮克姊，今天真是幸運。」

「先向主人道謝啦！」

「嗚……謝謝……」

多米妮克再次賞了蕾亞的頭頂一拳。

「啊……這次換六歲時和家人去野餐的記憶……」

「妳這不是還記得嗎？」

「該怎麼說才好，多米妮克真辛苦呢。」

「雖然她學得很快，手腳也很俐落，但就是管不住自己的嘴巴……」

表妹的女僕教育，似乎讓多米妮克費了不少心思。

「那就交給你們了。」

將準備餐點的工作交給多米妮克她們後，我們全都跳進海裡游泳或潛水，開始玩樂。

久違的海水浴非常舒適，薇爾瑪也開始潛入深處抓蝦子和貝類。

「看來薇爾瑪是我們當中泳技最好的一個。」

「好像是。那個，威德林大人，請您別放手。」

「沒想到艾莉絲居然不會游泳……」

我牽著艾莉絲的手，從打水開始教她。

「雖然我有來過海邊，但都只有和其他女性一起在沙灘上玩耍……」

去過海邊，但沒有游泳過啊。

「只要在家裡做個游泳池並在那裡接受我的指導，馬上就能學會了。」

「謝謝您，威德林大人。」

「威爾，這個自由式游得好順──」

「蛙式也很有趣呢。」

在我教艾莉絲游泳時，馬上就學會自由式的露易絲也在一旁順暢地游泳。

伊娜也悠閒地用蛙式游得很開心。

這個世界的游泳方式，似乎還停留在古式泳法（註：日本古代的游泳方式，注重實戰性）的階段。

主要是為了讓人即使穿著沉重的鎧甲也能游泳，而且普遍認為只有男性需要游泳。

「真虧威爾想得出這種游法。」

「因為我小時候很閒。」

其實我前世在高中時是參加游泳社。

當然我沒什麼才能，雖然每種游法都會，但一直到畢業都是候補。

比起這個，露易絲和伊娜真的很厲害。

因為我只教她們一次，她們馬上就游得比我快了。

看來在運動神經方面，還是她們略勝一籌。

「至於卡特琳娜……」

「手腳好難動……」

雖然她會正常地游泳，但想學新游法還得費一番工夫。

「我會在家裡建游泳池，之後再教妳吧。」

「呃，手是像這樣動……腳是這樣……」

看來卡特琳娜的運動神經和我差不多。

游自由式時只要動手，腳就會停，將精神集中在腳時，手的動作就會出錯。

我小時候也曾反覆經歷相同的失敗。

「即使不會游泳，魔法師也可以依靠魔法，所以沒問題。」

「講這種話，一切就白搭了。」

因為有一種進入自己製造的氣泡，在水中移動的魔法，所以在魔力用盡之前，就算不會游泳也沒問題。

「難得威德林先生願意教我，我就感激地接受吧。」

「舅舅也學得很快呢。」

「導師啊……」

艾莉絲羨慕地看著在不遠處濺起誇張水花的導師。

不過他無視自由式、蛙式和仰式等游法，只迅速學會了蝶式。

「看起來好像大型魔物在游泳。」

雖然本人游得很開心，但看在旁人眼裡就和露易絲說的一樣，不管怎麼看都比較接近水生魔物。

「一提起他，他就朝這裡過來了……」

以恐怖的速度游來這裡的導師在我們面前停下，但我們依然遭到大量水花的攻擊。

所有人都被海水迎頭淋下。

「這個游法真是方便！」

導師似乎很中意蝶式。

「話說薇爾瑪呢？」

「我記得她直接潛水去抓蝦子和貝類了……」

露易絲回答完後，眼前的海面大幅隆起，薇爾瑪的頭也隨之出現。

她手上拿著裝獵物的網袋。

「我抓了很多。」

「這樣啊。太好了。」

對薇爾瑪來說，比起學新游法或玩樂，還是捕魚的成果最有趣。

她直接走上沙灘，網袋裡裝著多到不尋常的蝦子、貝類和魚。

「雖然妳抓了很多，但妳吃得完嗎？」

「只要放進魔法袋就能維持新鮮，可以吃好一陣子。」

「想得真是周到……」

這時候已經差不多快到中午，於是我們一起吃多米妮克準備的午餐。

菜單是以烤肉為主，將用網子烤的肉、魚貝類和蔬菜，沾醬汁食用。

「醬油、味噌和鹽味的醬汁都好美味。」

雖然這些都是我自己調配的醬汁，但導師將大量沾了醬汁的烤肉和烤魚，像扒飯般吞下肚。

「舅舅，吃點蔬菜吧？」

「蔬菜晚點再吃也沒差。現在以肉類和魚貝類為優先。」

「這樣對健康不好。」

導師說話就像個小孩，反倒是艾莉絲比較像媽媽。

「威德林大人也有吃蔬菜呢。」

「我就是為了這個才做醬汁。」

雖然是抄襲前世使用高級素材製作的名牌醬汁，但調配味道比想像中還困難。

不是無法取得相同的材料，就是加了之後味道不同，即使知道大概的材料，要調配比例還是非常辛苦。

這三種醬汁是我的心血結晶。

「就算比例有點不同，味道也不會差太多吧？」

明明我辛苦地在調配醬汁，艾爾卻經常跑來搗亂。

居然敢找別人調配的醬汁麻煩，真是個不像話的傢伙。

這也是我對他處以幫導師塗防曬油之刑的原因。

「這個醬汁的確做得很棒。」

「艾戴里歐先生也說希望你能把配方賣給他。」

「那個人真的很會做生意。」

「因為以前是冒險者，所以很機靈吧。」

「威爾大人。」

我原本和艾莉絲在聊天，結果這次換薇爾瑪向我搭話。

「薇爾瑪，怎麼了嗎？」

「我還吃不夠。」

「在下也一樣。」

看來由於他們光吃肉和魚貝類，碳水化合物則顯得不夠。

「都吃那麼多了，你們還吃得下啊？」

看見兩人吃的蝦殼和貝殼堆積如山，伊娜驚訝地如此說道。

「那要不要再多做點什麼？」

「威爾要料理嗎？」

「既然都來到海邊了，怎麼能不吃點奇怪的東西呢。」

我從魔法袋裡拿出鐵板和變空的烤網交換，開始加熱。

接著下油，加入切過的肉和蔬菜拌炒，再將事先準備好的熟麵條加進去。和醬汁一樣，調味我也是用自製的醬料，等炒得差不多後就盛到盤子上，再加上紅生薑和海苔就完成了。

我做了夏天海邊的象徵，醬汁炒麵。

雖然重現這個也費了不少工夫，但幸好我家的廚師們非常優秀。

跟他們大致說明過後，他們就幫我準備了熟麵條、紅生薑和海苔。

「另一個版本，用魚貝類當配料的鹽味炒麵也完成了。」

「看起來好好吃。」

看來卡特琳娜也被烤焦的醬汁和海苔的香味吸引過來了。

「雖然是不怎麼像貴族的料理。」
「威德林先生，貴族在炫耀自己參加的派對內容時，主要都是在講自己吃過多稀奇的料理喔。」
卡特琳娜迅速將炒麵盛到自己的盤子裡後，便開始享用。
雖然她盛得很大盤，但不曉得這會不會影響到她平常在意的減肥？
「真好吃。」
「鹽味也很好吃呢。」
「我第一次吃到這種麵料理。」
伊娜、露易絲和艾莉絲，似乎也很喜歡炒麵。
「雖然好吃，但感覺分量不太夠，再多炒一點吧。」
「在下已經看過作法了，接下來就交給在下吧。」
這些對那兩個人來說果然不夠。
薇爾瑪和導師像是在比賽般，開始炒麵。
儘管我事先有多準備一點材料，但那些全都被放上鐵板烤了。
這個分量，看起來簡直就像是祭典時的攤販。
我準備的所有材料都被放到鐵板上烤，發出「滋滋滋」的聲音。
兩人都表情嚴肅地動著鐵鏟，確認拌炒的狀況。
「導師，你有辦法全部吃完嗎？」

「不如說這些還不太夠。」

「導師，義父之前說過吃飯要吃八分飽。」

「艾德格軍務卿說的嗎？真是至理名言。」

雖然導師如此回答，但宛如在和薇爾瑪比賽般吃了好幾十份炒麵的人，就算這麼說也一點說服力都沒有。

「真虧他們不會胃痛。」

雖然伊娜說得沒錯，但即使是那兩人，在用完餐後還是躺到擺在沙灘的躺椅上開始睡午覺。

導師發出如雷的鼾聲，感覺那音量都能直接用來驅趕魔物了。

他的妻子們怎麼會有辦法和他一起睡呢？

「薇爾瑪小姐的外表真可愛。」

卡特琳娜說得沒錯，薇爾瑪像隻松鼠般縮起身體睡覺的樣子，可愛到能激起觀者的保護欲。

看起來實在不像比導師還會吃。

「我們也睡一下午覺吧。」

「好的，吃飽後變得有點睏。」

「像這種時候，懶散地睡一下也是休假的醍醐味。」

「說得沒錯。」

因為婚禮後發生了許多讓我們感到疲憊的事，因此我們也跟著躺到躺椅上，喝著冰瑪黛茶開始打盹。

「真是奢侈的時光。」

「是啊。」

我和艾莉絲明明都只有十六歲，但因為有太多事要忙，現在講起話來已經像是對老夫老妻。

如果是在地球，這明明是能作為高中生遊玩的年齡，但感覺這個世界有許多人都活得非常拚命。

「有艾莉絲在真是幫了大忙。畢竟我對王都那些貴族不太了解。」

「能聽到威德林大人這麼說，讓我覺得很高興。」

對我露出微笑的艾莉絲非常可愛。

還有她那即使躺著也不會變形的胸部果然是最強的。

「的確。因為我是陪臣的女兒，所以在這方面無法給威爾建議。」

「我也一樣。畢竟我們至今生活的世界完全不同。卡特琳娜又只是虛有其表。」

「我是沒落貴族，所以這也沒辦法。而且我說露易絲小姐，虛有其表也是要宣傳的啊。」

「這樣說的確也沒錯。」

伊娜、露易絲和卡特琳娜，都對艾莉絲另眼相待。

等我再次確認這點時，艾莉絲已經進入夢鄉。

「她應該很累吧。」

我替艾莉絲蓋上毛巾被，自己也小睡了一下。

幾個小時後，沙灘被夕陽染成紅色，變得更加美麗。

「真漂亮。」

從沙灘看見的美麗夕陽感動了我們所有人。

「真的好漂亮喔，威德林大人。」

「下次再來吧，威爾。」

「哎呀——今天休息得真徹底——」

「吃了好多好吃的東西。」

「盡情享受過私人海灘了。」

看夕陽看了好一會兒後，我向準備收拾東西回家的多米妮克等人搭話。

我事先吩咐她們只要在傍晚前收拾好，剩下的時間都能自由料理食材來吃。

雖然多米妮克應該是不會失控，但那位新女僕蕾亞卻癱坐在收拾好的行李旁邊。

「那女孩怎麼了？」

「真不好意思，她只是吃太撐了。」

「咦！是這樣嗎？」

「因為平常很少有機會吃到大量海鮮，因此她打算一次吃到飽。」

儘管她有好好收拾，但之後就到達極限癱坐在地。

「也該有個限度吧！」

這是第幾次了？

多米妮克再次賞了蕾亞頭頂一拳。

「啊，七歲時和家人去高級餐廳的記憶……」

「所以說，妳根本就沒喪失記憶吧。」

認真的多米妮克和個性有趣的蕾亞的組合，簡直就像是相聲搭檔。

「要是吃太多，不如吃點胃藥吧？」

我從魔法袋裡拿出用藥材製作的胃藥交給蕾亞。

「啊。主人的慈悲真是太令人感動了……」

「（這女孩真有趣……）」

等蕾亞吃完藥後，我們馬上換好衣服，用「瞬間移動」回家。

洗好澡後，我們前往客廳吃晚餐，並在那裡發現正看著一疊厚文件的艾爾。

「你在看什麼？」

「指揮軍隊的要領。聽說得先從上課開始。」

「原來如此。」

崔斯坦似乎從軍事書籍裡挑出必要的部分交給艾爾。

艾爾正認真閱讀。

「不過你今天也太過分了吧。」

「那個啊……」

我向艾爾說明因為每個人都不想幫全身肌肉的導師塗防曬油，所以我才會臨時想到艾爾，這只是不幸的意外。

「不然你明天放假吧。」

「即使不幫導師塗防曬油，我明天原本就放假。」

「果然還是被你發現了。」

「我倒想知道誰不會發現啊！」

艾爾說得沒錯。

「作為回報，我介紹一個女孩子給你認識。」

「真的嗎？」

「嗯，是個非常可愛的女孩。」

我可沒說謊。

新女僕蕾亞似乎比多米妮克小兩歲，她的身材不輸薇爾瑪，同時還有亞麻色的頭髮和可愛的外貌。

連多米妮克都曾說過「她唯一的缺點就是那張嘴……」，可見她實際上是個優秀的女僕。

「真的嗎？是誰？」

因為艾爾問的時候實在太開心，我搬出蕾亞的名字。

接著艾爾的臉上突然蒙上一層陰霾。

「咦！是她？」

「你認識她嗎？」

「算認識……」

艾爾好像看過很多次負責教育新人的多米妮克教訓蕾亞的場面。

「她真的沒問題嗎？」

「除了有點管不住自己的嘴巴以外，意外地是個好姑娘。」

作為女僕的能力應該也不輸多米妮克。

正適合娶來當太太。

「你要不要試著約她看看？」

「嗯——我考慮一下。」

隔天，放假的艾爾獨自前往鮑爾柏格的市區，但其實當天也是蕾亞來我家後第一次放假。

「多米妮克姊，要是我在市區被人搭訕怎麼辦？」

「要是對方糾纏不休，就去找警備隊的人。只要說妳在主人家工作，他們就會幫妳。」

雖然平常總是用拳頭教訓她，但其實多米妮克很疼蕾亞。

多米妮克在家門前送第一次休假的蕾亞出門。

「我知道了。那麼，我馬上去探訪甜食。」

「別亂花錢喔。」

「我知道，我會買土產回來。」

等看不見精神抖擻地出門的蕾亞的身影後，我告訴多米妮克向艾爾推薦蕾亞的事情。

「咦？推薦蕾亞嗎？」

「艾爾是我的好友，所以我不想勉強推薦她，只是提供他一個選項。」

「沒問題吧？」

站在多米妮克的立場，她應該非常擔心蕾亞那有點微妙的說話方式。

她希望至少能等自己稍微導正蕾亞後再來談這件事。

「或許有機會成功也不一定。」

「我知道了。我會稍微留意。」

究竟兩人會不會結婚呢？

這個未來只有神知道。

第六話　親善訪問團

「親善訪問團？」

「嗯。在下十年前也參加過，但這次鮑麥斯特伯爵也被指名了。」

婚禮結束後過了約兩個月，我在位於鮑爾柏格的領主館，聽導師說明要送去鄰國阿卡特神聖帝國的親善訪問團的事情。

「我也要參加嗎？」

「因為鮑麥斯特伯爵是名人，所以陛下命令你一定要參加。另外卡特琳娜大人也得參加。」

「我也要嗎？我會努力回應陛下的期待。」

兩個國家每隔十年，就會派出人數約兩百名的親善訪問團。

赫爾穆特王國上次是十年前，阿卡特神聖帝國是五年前。

雖然兩國都是十年派一次，但就像夏天和冬天的奧林匹克般，每隔五年就會有其中一國派人去另一國訪問。

我以前就有聽說過這個活動，但我的老家從來沒討論過這件事。

因為我們家不可能被派去，所以也可以說是真的沒有關係。

我的父母一定都完全沒在關心這件事。

「派遣親善訪問團，是為了表達希望兩國別再戰爭，一起和平相處的意思嗎？」

「也有這層意義，但某方面來說也算是戰爭。」

雙方會互相帶自己的優秀產品或新技術過去，向對方傳達「我們國家發展得比較好，羨慕吧」的意思。

這也算是一種宣揚國威的手段。

由於也會修改貿易條約，因此這也算是名為政治交涉的戰爭。

「當然，也會展示優秀的魔法師。」

從與布洛瓦藩侯家的紛爭就能得知，能使用廣域上級魔法的魔法師有時候能徹底顛覆戰況。

實際上即使兩軍起了衝突，由於雙方的魔法師數量和等級都幾乎相同，因此沒那麼容易讓其中一方遙遙領先，但優秀的魔法師愈多，愈有利於戰況。

這似乎也有展示實力，向對手施加軍事壓力以防止戰爭的意圖在。

「上次是由在下率領魔法師們！」

考慮到導師的實力，這也是理所當然，只要看過他的實力，就會讓人對戰爭感到猶豫。

畢竟他是這塊大陸最有效的抑止力。

「布蘭塔克先生沒參加過嗎？」

「我當然也有被傳喚過。不過要是艾弗還活著，應該就會找他吧。」

和導師一起來我家的布蘭塔克先生回答我的問題。

基本上除非當上貴族或貴族的專屬魔法師，否則一般魔法師不會被傳喚。

布蘭塔克先生代替師傅被布雷希洛德藩侯家僱用，因此也有被找去參加訪問團，和導師共度了三個星期的時光。

「回想起來，在下就是從那時候開始和布蘭塔克大人變成知己。」

「（我在之前就知道他的長相。畢竟他和艾弗好像是朋友……）」

布蘭塔克先生小聲地向我說明，他實際在親善訪問團見過導師後，馬上就被導師給人的強烈印象嚇到說不出話。

「身為專屬魔法師的我，這次也有被傳喚。」

「派這麼多魔法師過去沒問題嗎？」

「目前以來都沒問題。而且這也是國家的氣魄。」

在舉辦歡迎會時，似乎還會安排簡單的魔法模擬戰和展露特殊魔法等活動。

藉由那樣的場合，讓彼此的軍方打探對方國家的魔法師數量與實力。

在民間賺錢的魔法師們會因為嫌麻煩而不參加，所以被王國或貴族僱用的魔法師幾乎都被強制參加。

雖然侍奉重要人物收入比較穩定，但缺點或許就是無法違抗這種命令。

「這也算是一種戰爭。」

「真辛苦。」

「話雖如此，至今都沒出過什麼事。對吧，導師？」

「沒錯。只要適當露一兩手魔法，再來主要都是觀光。」

因為是魔法師，所以比其他和工商業有關的官員或貴族們有空。

其他人必須更新和技術交流與貿易有關的協定，但魔法師只要展露魔法就行了。

按照導師的說明，再來就只剩下觀光行程，幾乎都是在玩。

「也可以說是一種觀光旅行。鮑麥斯特伯爵只要當成是帶妻子們去玩就行了。」

「可以帶家人去嗎？」

「只要是貴族就完全沒問題！」

雖然隨行人員只有約兩百名，但大家都會帶部下、祕書和護衛去，讓參加人數變得更多。

尤其是大貴族，更是會連妻子和家臣都一起帶去，因此人數其實不只如此。

「考慮到這些因素，王國會包下兩艘大型魔導飛行船，所以沒問題！」

由於是國家辦的活動，因此這方面的準備非常周到。

之後將動員預備的魔導飛行船，載親善訪問團過去。

「正好能當成新婚旅行。大家意下如何？」

「說得也是。難得有機會能去阿卡特神聖帝國。」

替大家倒瑪黛茶的艾莉絲如此回答。

因為兩國還在停戰中，所以不能離開首都，但能去唯一一個外國旅行，讓親善訪問團在私底下大受歡迎。

以民間為主的交流，就只有由國家統一管理的貿易，因此似乎有許多貴族和商人想去鄰國。

雖然這項活動已經舉辦了將近二十次，但並沒有發生過什麼意外。

表示能夠安全地出國旅行。

「不過隨行人員沒有限制嗎？」

因為不能讓每個人都帶好幾十個人去，所以必須事先申請，決定隨行的人數。

愈大的貴族就能帶愈多人，但要是只有自己帶很多人去，就會被周圍的人冷眼看待。

這方面的調整非常麻煩，因此我全丟給羅德里希處理。

「在下因為嫌麻煩，所以上次是一個人去。」

「（那是因為導師想享受一個人的旅行吧。）」

他或許想藉由出國來尋求解放感。

在那之前，會先產生「身為究極個體戰鬥兵器的導師是否需要護衛？」這個根本的疑問。

「我也只要帶平常那些成員去就好了。」

儘管目前進行得很順利，但考慮到要同時開發未開發地和赫爾塔尼亞溪谷，要是帶太多護衛過去，會對留守的羅德里希造成負擔。

只要有我、艾爾和妻子們就夠了。

「說得也是。如果是簡單的家事，那交給我們做就行了。」

我們在當冒險者時甚至還會露宿，所以沒必要勉強帶女僕過去。

多米妮克剛新婚，之後還是多給她一點空閒時間比較好。

畢竟最近給她添了不少麻煩。

雖然新女僕蕾亞露出一臉想去的樣子，但要是突然帶新人去國外，或許會讓她與其他女僕產生摩擦。

而且這次並沒有特別需要女僕。

「薇爾瑪覺得怎麼樣？」

「好期待那裡的餐點。」

「說得也是。」

因為是有點冷的北國，所以很可能遇到和這個國家不同的料理和食材。

「畢竟阿卡特神聖帝國產的魚貝類品質遠比這裡好。」

此外那裡或許還會有其他不錯的食材與料理。

要是吃過後覺得滿意，也可以和他們交涉進口事宜。

「露易絲呢？」

「是新婚旅行吧。那只要讓我們擔任護衛就沒問題了。」

最近變得和導師差不多強悍的露易絲，挺著沒什麼料的胸部回答。

即使如此，她的胸部在結婚後還是有稍微變大，但就算是親近的人，也有很多人沒發現。

「卡特琳娜呢？」

「能被選為親善訪問團的一員是種榮譽。我會盡全力展示自己的魔法。」

我就知道卡特琳娜絕對會這麼說。

畢竟一度沒落過的威格爾當家，居然被選為普通貴族難以獲得指名的親善訪問團的一員。

「伊娜，妳有什麼推薦的觀光景點嗎？」

「科隆大教堂，或是舊市區的大早市，其他還有很多零星的觀光景點。」

伊娜看過布蘭塔克先生之前帶來的《布雷希洛德藩侯巴迪修紀行》。

布雷希洛德藩侯以前也有被選為親善訪問團的成員，他似乎自己將在那裡見聞的情報編撰成書。

內容是做得非常好的觀光導覽書。

布雷希洛德藩侯果然是文組的人。

「真期待。」

「是啊。」

「那個，這姑且算是工作……」

難得這次只有布蘭塔克先生比較認真。

考慮到必須暫時離開領地，我事先認真和羅德里希討論，並完成了必要的土木工程。

其中我特別努力幫忙整頓通往赫爾塔尼亞溪谷的道路和幫忙採掘。

這都是為了快樂的海外新婚旅行。

參加成員和平常一樣。

日常生活的事情我們都能自己解決，能上船的人數也早就定好了，所以不能增加太多。

我們的領地人手不足，所以希望盡可能避免帶其他護衛。

「只要有艾爾、露易絲和薇爾瑪在，就不需要一般的警備兵。」

「說得也是。」

「沒有其他護衛，也比較像新婚旅行。」

而且一旦我們的隨從增加，其他貴族的配額就會減少。

身為新興貴族的我，之前才因為赫爾塔尼亞溪谷那些以祕銀為主的礦石賺了一筆，要是這時候又增加隨從，可能會被人評價為「囂張的暴發戶」。

貴族真是麻煩的生物。

提出基本上不需要護衛的意見後，羅德里希也不情願地答應了。

「要是出了什麼事，請您無視其他貴族，直接用魔法逃跑。」

「可以這樣嗎？」

「當然可以。畢竟有些貴族甚至還用了別人的配額來增加自己的護衛。」

貴族要對自己的生死負責，即使自己的主人死了，也不能公開抱怨。

因為要是被人反駁「還不都要怪你們這些護衛保護不周」就完蛋了。

「雖然要是阿卡特神聖帝國那邊有這個意思，即使多帶一點護衛也一定會全滅。」

畢竟是被孤立在敵陣中，多那一點護衛也沒什麼意義。

不過布蘭塔克先生也說過至今都沒發生過問題。

「即使如此，歷史悠久的大貴族還是會為了面子增加隨從數量。唉，主公大人和卡特琳娜大人應該是沒這個必要……」

我們是被陛下指名參加，阿卡特神聖帝國也不可能不知道我至今立下的功績。

按照羅德里希的說明，只要我本人親自過去，對方就會擅自起鬨並放棄對我出手。

「護衛是為了以防萬一吧？」

「用到的機會終究還是很低。除了少數勢力以外，對兩國來說都是停戰比較有利。」

即使時代改變，還是會有人因為戰爭得利，但對其他人來說，現在的停戰狀態比較理想。

即使占領了吉干特裂縫另一端的地區，防衛的成本還是太高了。

要是出了什麼事就必須緊急派兵過去，所以得讓大型魔導飛行船維持隨時都能行動的狀態。

「對阿卡特神聖帝國來說，失去吉干特裂縫以南的領地，在收支上反而比較有利。只是……之前畢竟是戰敗，所以在軍隊裡有些感情用事的人主張出兵。」

「反正我們的國家也有類似的人吧？」

「不管哪個國家都有這種人。不管是領地位於北方的貴族，還是軍隊的中樞。雖然他們的勢力沒有強大到能讓王國決定出兵……」

無論哪個時代，都不乏這種意見極端的人。

認為在意也沒用的我們，開始急忙進行出發的準備。

＊　＊　＊

「喔喔！這規模不輸史塔特柏格呢。」

在那之後過了一個星期。

我們在王國政府準備的大型魔導飛行船的甲板上眺望阿卡特神聖帝國的首都巴迪修。

根據資料，巴迪修的面積比史塔特柏格廣大，人口也稍微多一點。

眼前的建築物大多都和赫爾穆特王國是相同的風格，沒什麼太大的差異，但也有一些類似地球的伊斯蘭風格、印度風格、中國風格以及日本風格的建築物。

看來阿卡特神聖帝國摻雜了各種文化。

「是多民族文化嗎？」

「好像是。根據書上的記載，阿卡特神聖帝國以前是統合許多小國成立的國家。」

一旁的伊娜向我轉述《布雷希洛德藩侯巴迪修紀行》的內容。

「由擁有選帝侯稱號的七公爵家選出皇帝，好像也是從那時候遺留下來的制度。」

雖然中央姑且也有皇族家，但皇族家出身的皇帝大概只占所有皇帝的三分之一到四分之一。其他都是透過貴族議會議員的投票，從參選的選帝侯當中選出。

儘管有些選舉制度存在，但這也證明這裡中央的力量沒有赫爾穆特王國那麼強。

「每個國家的狀況都不太一樣呢。唉，不過我光是管理自己的領地就夠忙了，所以不怎麼關心。」

接著大型魔導飛行船馬上抵達位於巴迪修郊外的港口。

船一降落，阿卡特神聖帝國就派人過來迎接。

軍樂隊演奏赫爾穆特王國的國歌，許多貴族接連表示歡迎。

這部分感覺和地球的國家沒什麼不同。

「阿姆斯壯導師，你們這次似乎加強了魔法師的部分呢。」

「巴特森大人，這表示年輕的才能開始發芽了啊。」

「屠龍英雄大人嗎？真是年輕。哎呀，失禮了。我叫艾雷・巴特森。姑且算是這個國家的首席魔導師。」

一位阿卡特神聖帝國的魔法師，向包含我在內約有二十名魔法師的團體搭話。

那人身穿黑袍，將黑白摻半的頭髮往後梳，這位年約六十歲的消瘦老人，向我們介紹自己是帝國的首席魔導師。

他的魔力量，大概只比布蘭塔克先生多一點吧？

從外表來看，老人的實力似乎非常堅強。

他和布蘭塔克先生一樣，是「技術型」的魔法師吧。

「不過魔法師的數量會不會太多了？」

巴特森將視線轉向和我在一起的妻子們。

實際上因為妻子們的魔力增加，所以我們在來程的魔導飛行船上，也有被一些魔法師騷擾。

「……誰知道？這是為什麼呢？我還比較想知道呢。明明就只是正常地進行容量配合。」

雖然我像這樣蒙混過去，但艾莉絲提升到上級的中間程度，卡特琳娜逼近前陣子的導師，露易絲則是變成幾乎和布蘭塔克先生同等級。

而且就連伊娜和薇爾瑪的魔力量都提升到中級。

儘管魔法師們都對這個謎團充滿興趣，但我刻意轉移焦點蒙混過去。

反正他們也不能強硬地檢查。

「（我絕對要把這個祕密帶到墳墓裡。）」

畢竟隨行的魔法師大多是男性。

我絕對不想碰他們的屁股，而且要是勉強做了後才發現無效，那也太可笑了。

而且要是被教會視為異端也很麻煩。

偷偷和霍恩海姆樞機主教商量過這件事後，他給了我「適當地蒙混過去。還有要小心女人」這個寶貴的建議。

身為艾莉絲的祖父，他應該也不希望我面臨必須接連對女性出手的狀況吧。

他也要我死守這個祕密。

「其實有些人是我的妻子，並不是正式的團員。」

「這麼說來，我記得您娶了『聖女』大人和『暴風』大人。」

果然即使是其他國家的人，巴特森還是有事先調查知名魔法師的情報。

「關於迎接和照顧魔法師們這段期間起居的工作，是由我擔任負責人。」

巴特森如此宣告。

必須忙碌地處理文化、技術交流和通商相關事務的團員們，將由專門的官員與貴族們照料。

他們也覺得時間寶貴，馬上就開始移動。

「我們除了明天的魔法展示行程外，都沒什麼事情要做。所以不必那麼急。」

「巴特森，也差不多該介紹本宮了吧。」

「這真是失禮了，泰蕾絲大人。」

「雖然本宮不會使用魔法，但即使只是掛名，依然是最高負責人。本宮發自內心歡迎各位的來訪。」

從巴特森後面現身的，是一位明顯身分高貴的女性。

不論是說話方式，還是服裝和外表都讓人這麼覺得。

女子的身高約一百七十公分。她符合多民族國家阿卡特神聖帝國的特徵，是個擁有在赫爾穆特王國罕見的褐色柔嫩肌膚的性感美女。

將淺色的金髮留到胸前的她，擁有不輸艾莉絲的胸部，因為我是個喜歡美女的正常男性，所以她的魅力甚至讓我不禁產生「想與她共度良宵」的失禮念頭。

「本宮是泰蕾絲．西格莉德．馮．菲利浦公爵。雖然位居選帝侯，但對皇帝沒興趣。」

「由女性擔任當家？」

「沒錯。我國承認這樣的制度。」

阿卡特神聖帝國認可女性擔任皇帝或貴族家的當家。

這是伊娜帶的《布雷希洛德藩侯巴迪修紀行》裡也有提到的事實。

「所謂的親善訪問，就是要享受這樣的文化差異吧？難不成鮑麥斯特伯爵大人是無法接受這種風俗的類型？」

「不，沒這回事。」

我前世工作的公司，也有許多女職員。

不如說性別根本不重要。

只要能勝任當家的工作就沒有問題。

「想得簡單一點，魔法師只要會用魔法就行了。」

「所以領主只要能統治領地就行了？」

「性別和年齡都沒關係吧。」

「這麼說也有道理。不過本宮也是因此才會當上這裡的負責人……」

在選帝侯當中，似乎只有菲利浦公爵是女當家，如果讓她負責接待我國那個只有男性成員的訪問團，或許會產生預料之外的摩擦。

就是因為考慮到這點，才會由她負責接待魔法師。

「魔法師如果不能使用魔法就沒意義了。這點無論男女都一樣。」

「是啊。」

據說魔法師本能上很少有性別歧視。

不過如果出身豪門就另當別論，實際上王國僱用的魔法師也大多是男性。

這次參加親善訪問團的魔法師也是以男性為主。

其實還有另一個理由，那就是女性對實際利益比較敏感，所以比起只有薪水和身分地位安定的專屬魔法師，她們更傾向當能賺錢的冒險者。

許多女魔法師都會在婚前盡可能多賺點錢，之後再一面撫養小孩，一面在能力範圍內工作。

「在這裡聊天也只是浪費時間，本宮先帶各位去宿舍，等稍事休息後，再招待各位參加午餐會。」

我們在她的帶領下，搭馬車前往位於巴迪修中心的皇宮附近的迎賓館，但她不知為何上了和我們同一輛馬車。

「那個……您不和導師或布蘭塔克先生搭同一輛馬車沒關係嗎？」

「那些老年人應該要忙著互相進行無意義的刺探和緬懷往事吧。年輕人還是和年輕人在一起比較好。」

「（講得還真白……）」

菲利浦公爵過於坦白的說辭，讓露易絲忍不住低喃出真心話。

「那兩個人上次也有參加。巴特森之前也是首席魔導師，所以應該發生過不少事吧。讓還年輕的本宮加入他們實在不太妥當。」

「（還年輕啊……）」

雖然我不至於失禮到問女性的年齡，但她到底幾歲啊？

儘管她看起來只有二十歲左右，但這樣怎麼會知道上次親善訪問團的狀況呢？

「本宮當時只有十歲，並且剛繼承菲利浦家。雖然小孩子頂多只能掛名，但本宮上次也負責這項工作。」

因為父親猝死，所以身為獨生女的她當時剛繼承菲利浦公爵家。

「這樣啊。」

「否則即使承認女性擔任當家，也不可能這麼輕易就當上公爵。」

到頭來，阿卡特神聖帝國也是以男性繼承為優先。

之所以認可女性繼承當家，似乎是基於若將家門交給養子或入贅者掌管，會讓血緣變淡的想法。

雖然其他家族似乎也有些特例，但菲利浦公爵並未詳細說明這方面的事情。

我也不想問初次見面的人這種事情。

「不過那位導師一點都沒變呢。」

「呃，因為他就是那種人……」

關於這個話題，所有人首次意見一致。

「他和十年前一樣完全沒變。」

而且導師似乎連外表都沒什麼改變。

不難想像他應該從以前就是個肌肉男，並有一副連流氓都會被嚇跑的外表。

「差不多快到了。」

馬車抵達迎賓館，出來迎接的傭人和管家們帶我們到各自的房間。

因為我是伯爵，所以被帶到一間相當寬廣的豪華房間。

不過讓我在意的是，雖然大家都住在彼此隔壁，但艾莉絲她們也有自己的房間。

「夫妻不是應該住在同一個房間嗎？」

「別在意，請各位將這當成歡迎的象徵。」

將行李放進房間休息了一會兒後，菲利浦公爵親自來迎接我們，並通知我們午餐會已經開始了。

「菲利浦公爵大人居然親自來迎接，真是光榮？」

「本宮對您有興趣。雖然是個到了這年紀還沒人要的女人，但還請您別嫌棄。」

「不……菲利浦公爵大人不是還很漂亮嗎？」

「很高興能聽您這麼說。那我們走吧。」

「咦！」

才剛說完，她就突然拉著我的手走向餐廳。

當然，普通的公爵根本不可能這麼做，因此艾莉絲她們也嚇了一跳。

「對了，您可以直接叫本宮泰蕾絲。」

「再怎麼說那樣都太……」

「沒關係。這是身為選帝侯，權力僅次於皇帝陛下的本宮的要求。這個國家沒有人敢公開指責。至於背後的誹謗，更是沒有在意的價值。」

平常表現得比這個身分還要隨和的菲利浦公爵，唯獨這時候以選帝侯的身分逼我直接叫她的名字。

不論是作為貴族或皇族，她無疑都是個比我能幹的人。

「我知道了，泰蕾絲大人。」

「雖然也不需要加大人，但考慮到周圍的眼光，這也無可奈何。」

看來這位女公爵大人似乎非常中意我。

至於午餐會的座位，身為主辦人的泰蕾絲大人坐在長方形桌的主位，我則是被安排坐在她的旁邊。

坐在我對面的是導師，布蘭塔克先生坐在他的隔壁。

「（這樣好嗎？我坐這裡真的沒關係嗎？）」

「（考慮到威德林大人的排行，這一點都不奇怪。）」

坐在我另一邊的艾莉絲輕聲向我說明。

在魔法師當中，身為伯爵的我身分僅次於導師。

因此既然導師也同樣坐在泰蕾絲大人旁邊，那就沒問題。

雖然導師是子爵，但在這種場合，王宮首席魔導師的身分就相當於侯爵。

「（我也被視為教會頂尖的治癒魔法師接待。）」

因此即使並非正式成員，艾莉絲依然被安排坐我旁邊。

艾莉絲的旁邊是卡特琳娜，這是因為即使只是榮譽爵位，她仍是個貴族。

「那大家來乾杯吧。願兩國永遠友好。乾杯。」

「乾杯！」

泰蕾絲大人帶領大家乾杯後，再來就是邊聊天邊吃飯的時間。

菜單是魚料理套餐，這應該是海產豐富的北方料理。

「本宮的菲利浦公爵領地位於北方。因此以使用了北海漁獲的料理聞名。」

不愧是習慣吃魚的民族，無論運輸還是處理都非常完美，完全沒有腥臭味，非常好吃。

「鮑麥斯特伯爵，您還滿意嗎？」

「是的。因為我喜歡吃魚。」

我甚至還會特地花大錢進口魚，只能說這就是身為前日本人的罪孽。

「那真是太好了。不過導師一點都沒變呢。」

「在下還不夠成熟，所以還不會變老。」

雖然平常是那個樣子，但導師真不愧是名譽子爵家的當家。

他一面完美地遵守餐桌禮儀用餐，一面和泰蕾絲大人說話。

「泰蕾絲大人變漂亮了呢。」

「布蘭塔克，你該不會想搭訕本宮吧？虧你才剛新婚，真是一點都沒變呢。」

「不不不，我怎麼敢呢。」

「和布蘭塔克結婚這種驚人的變化相比，本宮的成長只是單純的自然現象。」

「泰蕾絲大人一點都沒變呢。」

明明已經十年沒見，這三人談話時仍顯得非常親密。

該不會是曾經發生過什麼讓人印象深刻的事情吧。

「十年前，本宮還只是個孩子。除了正式的歡迎活動以外根本無事可做，所以這兩位曾經陪本宮一起玩。」

他們擔任護衛，帶泰蕾絲大人去了一些她平常沒辦法去的觀光地。

「那時候做了不少亂來的事情呢。」

「話先說在前頭，我一開始可是有阻止過。」

「我大致能想像。」

最喜歡搞這種名堂的，無疑是導師。

布蘭塔克先生因為無力阻止，所以才認為至少得擔任護衛確保泰蕾絲大人的安全，這應該才是真相。

「拜此之賜，本宮才能安全地出遊。真是太感謝魔法師了。話說我可以問一件事嗎？」

「什麼事？」

「本宮有件事想請問在各位當中最熟悉魔法的布蘭塔克，其實之前發生了一件不可思議的事情……」

那是發生在泰蕾絲大人一如往常地視察領地時的事情。

「這幾年，北方的海產在帝國廣受歡迎。」

隨著能維持新鮮的保存方法開始普及，以及輸送效率的提升，包含巴迪修在內，整體的交易量都增加了。

「出口也非常順利。不過若毫無節制地捕撈，漁獲量只會持續減少。」

限制能捕撈的魚的尺寸、設定禁止捕魚的期間、設置魚礁、開發簡易的養殖技術，以及取締非法捕魚者，因為得致力處理這些事務，泰蕾絲大人經常去現場勘查。

「我當時正搭船前往視察沿岸的漁場。」

之後泰蕾絲大人的內衣突然消失了。

「（糟糕……）」

「若是本宮脫下後忘了，那還沒什麼問題。不巧的是，本宮還沒到開始老年痴呆的年齡。」

「聽起來真是不可思議……」

這一定就是那起魔導公會用試做的召喚魔法陣，召喚出神祕內衣的事件。

我記得貝肯鮑爾先生也說過那件內衣是特別訂製的高級品，並說明上面的家徽是屬於菲利浦公爵家。

「……」

我看向布蘭塔克先生，他瞬間露出「果然啊」的表情，然後連忙恢復原本的表情。

然而在其他隨行成員裡，也有隸屬魔導公會的人。

他們不像布蘭塔克先生那麼老練，一想起那件事就露出慌張的表情。

「（別動搖啊！這樣會被發現吧！）」

無法對他們抱怨的我，只能拚命裝出平靜的樣子。

「沒想到船上也沒有替換用的內衣，害本宮回程時冷得要命。布蘭塔克，你怎麼認為？」

「大概是某種轉移或召喚系的魔法吧？」

要是直接回答「完全不清楚」可能會被懷疑，因此布蘭塔克先生刻意含糊地講出實情。

「果然啊。巴特森也是這麼說。不過真是不可思議呢。」

「真的很不可思議。」

「就是啊。伯爵大人說得沒錯。」

我和布蘭塔克先生刻意像這樣對話。

幸運的是，這件事後來並沒被繼續追究，午餐會也順利結束。不過都怪那些動搖的魔導公會職員，這件事或許已經被發現了。

一想到這點，我就很擔心之後會如何發展。

「那時候的內衣啊……」

回到房間後，知道這件事並在後面的座位聽見我們對話的伊娜和露易絲已經在那裡等待。之前因為我的召喚魔法，被大家發現自己穿的是背面有兔子刺繡的內褲的伊娜，露出苦悶的表情。

「順帶一提，就是這個。」

「威爾，不用實際拿出來啦。」

我一從魔法袋裡拿出內衣，就被基於同樣原因被人發現明明沒有胸部，卻還穿黑色性感胸罩的露易絲責備。

「伯爵大人，快把那危險的東西收起來。」

「了解。」

我遵照布蘭塔克先生的命令重新將紫色內衣收進魔法袋，然後我們四人將臉湊在一起開始密談。

這是為了決定若之後被泰蕾絲大人追究，該如何應對。

「總之只能裝傻到底了。只有伯爵大人有辦法拿出能充當證據的內衣。只要在回去前都別被發現就沒問題了。」

「布蘭塔克先生，你當時沒有發現嗎？」

「我說啊，即使上面有菲利浦公爵家的家徽，你以為那個家有幾位女性啊……」

「說得也是……」

有些貴族即使上了年紀也會穿那種內衣，幸好那實際上是泰蕾絲大人的東西，這讓我無意義地鬆了口氣。

「的確……」

「不如說我記憶中的泰蕾絲大人還是個小孩子。即使看見那種內衣，也不會想到她。」

十歲的孩子穿紫色內衣也太奇怪了。

泰蕾絲大人不可能一直都是個孩子，這部分只能說布蘭塔克先生太缺乏想像力了。

「雖然魔導公會那些笨蛋害我們被懷疑了，但反正也沒有證據。就裝傻到底吧。」

「儘管我們很認真地在密談，但內容真是無聊……」

「露易絲姑娘，這我們大家都知道。」

要是討論太久有可能會被懷疑，因此我們的密談到此結束。

明天上午才要展示魔法，皇宮主辦的歡迎晚宴也預定在明天舉行，所以今天直到睡前都是自由時間。

於是我決定帶艾莉絲她們去巴迪修觀光並奢侈一番。

「你們聚在一起說什麼啊？」

「我們在聊一些關於觀光景點的事情。」

雖然對卡特琳娜不好意思，但知道祕密的人愈少愈不容易外洩。

因此這件事被當成知道魔導公會那起事件的我們四人之間的祕密。

「去觀光吧。」

「說得也是。真期待呢。」

「威爾大人，我肚子餓了。」

「薇爾瑪小姐，妳剛才不是才吃了很多東西？」

「魔力量提升後，我的食量也稍微增加了。如果不吃東西馬上就會變瘦。」

「真令人羨慕……」

使用增加的魔力，讓薇爾瑪的體質變得比以前更需要熱量。

相對地，她在地面戰也能維持足以和露易絲對抗的戰鬥能力。

「卡特琳娜沒那麼胖吧？」

「任何一點大意，之後都一定會導致後悔。」

總是將這種話掛在嘴邊的卡特琳娜一直都在進行微減肥，但看起來實在沒什麼效果。

大概是因為她總是拿巧克力當零食吧。

「只要使用魔力就會消耗熱量吧。」

除了一部分的例外以外，這就是魔法師不會變胖的理由。

「我希望腰能再細一點。」
「是嗎？」
「威德林先生！」
實際用雙手摸過卡特琳娜的腰後，我覺得已經很細了。
突然被人摸腰的卡特琳娜，發出摻雜驚訝與抗議的聲音。
「有什麼關係，因為我想摸啊。」
「要摸是無所謂，但請事先跟我說一下……」
此外，她果然不擅長應對這種突如其來的行為。
「威德林大人。這麼突然，卡特琳娜小姐當然會嚇到。比起這個，我們還是快點出門吧。」
「說得也是。那要先去哪裡好呢？」
艾莉絲難得主動拉著我的手走出迎賓館，往市區移動。
看來泰蕾絲大人剛才的積極行動，似乎讓她有點嫉妒。
「先去附近有名的雪糕店吧。」
「好的。」
我們兩人手牽著手，準備前往書上記載的店家，但突然出現兩個人擋住我們的去路。
仔細一看，原來是導師，以及穿著連身裙、打扮得像商家女孩的泰蕾絲大人。
「舅舅？」

「泰蕾絲大人說想久違地到街上散步……」

導師的語氣一反常態地軟弱，視線也游移不定。

他不想妨礙外甥女的新婚旅行，但又不能拒絕泰蕾絲大人的要求。

雖然感覺導師應該能輕易拒絕，不過年輕時常陪陛下偷偷溜出去的他，大概無法拒絕同為籠中鳥的泰蕾絲大人的請求吧。

和外表相反，導師其實對女性和小孩非常溫柔。

「（反正時間還很多。）」

「（我知道了。）」

反正是能玩的時間還比較長的親善訪問團之旅，我說服艾莉絲放棄今天的行程，和那兩人一起去觀光。

「不好意思打擾了剛新婚的兩位，但本宮也只有這種時候能自由去街上玩樂。」

泰蕾絲大人愧疚地說道，但艾莉絲聽了後馬上露出被憤怒扭曲的表情。

因為泰蕾絲大人馬上抱住我空出來的另一隻手。

「（這位公爵大人，為什麼對我這麼有興趣？）」

雖然能用手臂感覺泰蕾絲大人豐滿的胸部，以及艾莉絲為了對抗而將同樣豐滿的胸部貼上我的手臂讓我很開心，但由於兩人的視線碰撞出激烈的火花，因此也讓我很想逃跑。

「那我們走吧？威德林大人。」

「明明是夫婦，還叫得這麼見外。威德林，你不這麼認為嗎？」

「（咦——！）」

不知不覺間，泰蕾絲大人不再叫我「鮑麥斯特伯爵」，而是直接叫我「威德林」。

雖然突然的狀況讓我慌了手腳，但艾莉絲也展開反擊。

「泰蕾絲大人，雖然威德林大人是階級比您低的貴族，但輕率地直接用名字來稱呼他國貴族還是不太好。對吧，親愛的？」

從這個瞬間開始，艾莉絲改叫我「親愛的」。

儘管我似乎沒有決定權，但這總比之前那個客套的「威德林大人」要好。

「那我們出發吧。」

「（導師！這個狀況你也要負一部分的責任吧！）」

「（對不起！只有今天，希望你能忍耐！）」

我最後還是輸給了導師的懇求。

雖然我們就這樣開始遊覽巴迪修，但所有人已經被分成兩組。

抱著我的手的泰蕾絲大人和艾莉絲，以及負責支援的導師。

再來是……

「伊娜，這個橘子雪糕真好吃。」

「焦糖口味也很好吃。」

「我想再吃一個。」

「再怎麼吃都不會變胖，真令人羨慕。」

「雪糕啊。如果收進魔法袋裡，不曉得能不能當給老婆的土產？」

「布蘭塔克先生，你已經開始怕老婆啦？」

「我才不想被連婚都沒結的艾爾小子這麼說。」

「我命中注定的對象之後才會出現。漂亮的大姊姊，我要蘋果口味的雪糕。」

不想被捲入的其他四位妻子、艾爾和布蘭塔克先生無視我們，專心觀光。

居然能將同伴捨棄得如此漂亮，真不愧是一流的冒險者。

「威德林，本宮的草莓口味也很好吃喔。要吃嗎？來，啊——」

「親愛的，哈密瓜口味也很好吃喔。來，啊——」

我讓兩人一起餵我吃雪糕。

不對，這種狀況應該算是被迫接受餵食吧？

「十個香草。」

「十個嗎？」

「嗯。雪糕還是正統的口味最好吃。」

兩位女性的競爭愈演愈烈，而導師像是為了逃避現實般，買了大量雪糕來吃。

我們繼續觀光，並參觀了科隆大教堂與波多馬克運河，但那兩人果然還是繼續挽著我的手，散發出激烈的火花。

艾莉絲最近增加的魔力在體內激烈地蠢動，這證明她現在的情緒非常高昂。

雖然她不會使用攻擊魔法，所以應該是不會對泰蕾絲大人怎麼樣。

「（我第一次看見這樣的艾莉絲。）」

另一方面，泰蕾絲大人也為了與艾莉絲對抗，散發出難以形容的氣勢。

或許名字的最後有「絲」的人都很熱情也不一定。

因為泰蕾絲是出自有可能成為皇帝的家門，所以她逼人臣服的氣勢也非同小可。

該說是王者的品格嗎，原本是平民的我實在散發不出那種氣氛。

「差不多該去購物了吧？」

「購物嗎？」

「沒錯。我常去的內衣店就在附近。考慮到內衣曾突然消失，現在的數量感覺有點不足。」

「這樣啊……」

看來泰蕾絲大人似乎在懷疑我。

要我陪她去買內衣，也算是一種露骨的刺探。

「（要徹底保持冷靜……）艾莉絲要不要也買幾件？」

「說得也是。如果有看到喜歡的款式。」

雖然陪現在未婚而且又不是戀人的泰蕾絲大人買內衣有點勉強，但如果是去挑妻子的內衣就沒問題。

我隱藏內心的動搖，前往泰蕾絲大人常去的內衣店。

在充滿高級店的某個區域角落，有一間造型豪華、看起來是大貴族或皇族專用的內衣店。

「歡迎光臨。」

「本宮今天不想引人注目。」

泰蕾絲一對上前迎接的老板這麼說，店內馬上就感覺不到其他人的氣息。

看來這裡的店員教育完善到恐怖。

「該挑哪件才好呢……」

泰蕾絲大人邊說邊拿起一件紫色內衣。

因為那和我之前召喚的內衣非常相似，所以或許是在試探我的反應。

「我覺得很適合您。」

我努力冷靜地回答。

要是這時候不小心動搖，只會讓泰蕾絲大人變得更加確信。

「親愛的，您可以看我試穿嗎？」

「這位太太，是本宮先問的……」

「泰蕾絲大人還未婚，不能在既非未婚夫亦非丈夫的男性面前裸露肌膚。」

雖然這麼說沒錯，但這明顯是在挑釁泰蕾絲大人。

兩人之間迸出火花，我環視周圍試圖求助，但艾爾和布蘭塔克先生都安全地在店外貫徹護衛的職責。

「（男性的確不方便進入內衣店！）話說導師呢？」

就連導師都在不知不覺間消失了。

大概是他的自我防衛本能，驅使他在進入內衣店前逃跑了吧。

「（導師，這個人明明就是你帶來的……）我說……」

我抱著最後一絲希望，看向伊娜她們……

「伊娜，挑一件更性感的如何？」

「露易絲才是為什麼那麼喜歡黑色？」

「因為必須把性感要素也考慮進去。薇爾瑪那件會不會太樸素了？」

「不會妨礙行動的比較好。不過最近胸部有點緊。」

「因為薇爾瑪長大了。和我不同。嗯……我早就有這種預感……」

「卡特琳娜，我覺得這種的不錯。」

「伊娜小姐，再怎麼說紅色還是太……」

「是嗎？我覺得很適合妳。」

「貴族也必須保持貞潔賢淑。」

「反正威爾以外的人又看不到。」

「所以才更該如此。所謂的貴族，就是要在別人看不見的地方努力。」

「雖然我不太清楚，但妳真是堅持呢……」

四人無視這裡，開心地討論內衣。

就連平常總是黏著艾莉絲的薇爾瑪都變成這樣，看來她們本能地察覺到現在靠近那兩個人非常危險。

「威德林，這件怎麼樣？」

「親愛的，我接下來要試穿這件。」

結果走出內衣店後，兩人依然持續爭風吃醋，第一次的海外旅行首日，就這樣悽慘地結束。

＊　＊　＊

「你們兩位好過分。」

晚餐後，我向導師和布蘭塔克先生抱怨，但兩人都邊道歉邊巧妙地敷衍我。

「畢竟身為選帝侯的泰蕾絲大人，平常非常辛苦。」

他們是對十年前一起玩過的可愛少女產生保護慾望了嗎？

感覺兩人都很寵泰蕾絲大人。

「即使十年前是個可愛的少女，她現在已經會用自己的女性魅力露骨地誘惑別人……」

「這不可能吧。泰蕾絲大人應該只是在戲弄你。」

為了維護血統而當上公爵家當家的她，不被允許正常戀愛。

雖然她必須招贅並產下子嗣，但揀選過程需要耗費龐大的勞力與時間。

「如果隨便招贅，可能會因為和丈夫老家有關的原因產生混亂。所以她才會到二十歲都還未婚。」

簡單來講，就是要擔心外戚干政的可能性吧。

泰蕾絲大人因此過著略微拘束的生活，所以布蘭塔克先生才會希望我們能對她寬容一點。

「你有辦法對艾莉絲說同樣的話嗎？」

「我會努力。」

所謂的我會努力，也可以解釋成只要有努力，就算最後失敗也無可奈何。

我嘆著氣返回自己的房間，因為今天才第一天就很累，我沒打算和艾莉絲她們做那檔事。

何況這裡還是別人的地盤。

雖然有很多親善訪問團的團員仍會毫不在意地和妻子或愛人共度春宵，但我本質上是個小市民，一想到明天還要讓女僕整理床舖，我就打消了這個念頭。

反正回家後，隨時都能做那檔事。

「（不曉得泰蕾絲大人明天會不會自重？）」

就在我這麼想時，有人敲我房間的門。

我一出聲回應並打開房門，來人便立刻鑽進房間裡。
「威德林，一起喝酒吧。」
「（出現啦——！）」
進入我房間的人，是果然沒自重的泰蕾絲大人。
穿著白色絲綢睡袍的她，拿著酒瓶坐到床上。
她似乎剛洗好澡，從睡袍領口露出的褐色肌膚看起來非常性感。
「（我可能會禁不起誘惑……）泰蕾絲大人。以一個未婚女性來說，您這麼做實在是不太好。」
「照常理講的確是如此，但這棟迎賓館現在完全受到菲利浦公爵家的控制。所以不必擔心會傳出無謂的流言。」
「唉……（問題不在這裡吧！）」
話雖如此，對方是選帝侯兼公爵大人，所以我也沒辦法說什麼。
得設法巧妙擺脫這個狀況。
「這是菲利浦公爵領地特產的阿夸維特。裡面沒下毒，所以你能放心飲用。」
「我不客氣了。」
菲利浦公爵領地位於阿卡特神聖帝國的最北端，是塊面積僅次於帝國直轄領地的土地，那裡主要的產物是馬鈴薯和魚貝類，因為礦山很多，所以金屬加工業也很盛行。
當然這些知識，都是來自《布雷希洛德藩侯巴迪修紀行》。

以地球來比喻，就是類似德國北部或北海道的地方。
實際上，那裡也有用馬鈴薯釀造的燒酒阿夸維特。
「以一個剛成年的人來說，你喝得還滿自然的嘛。」
「我的酒量只有一般人水準。」
我將水倒進放在房間裡的杯子，用魔法加熱後適量加進阿夸維特內飲用。
味道和我以前當上班族時試喝過的進口樣品，或是國內製造的馬鈴薯燒酒很像。
「味道清爽，非常好喝。」
「最近也有出口呢。」
儘管切換成像是貴族會聊的話題，但不曉得能持續多久。
這時候必須繃緊神經。
「不過魔法真是厲害。」
泰蕾絲大人喝著我做的摻水馬鈴薯燒酒，佩服地說道。
因為房間裡只有水，所以我才用魔法加熱，但我並不覺得這有多厲害。
這點程度的事情，菲利浦公爵家僱用的魔法師也能輕易做到。
「的確，本宮家的專屬魔法師每個人都做得到這種事，但他們只會讓水沸騰。」
用熱水稀釋燒酒時，最大的禁忌就是直接加沸騰的熱水。
適合的水溫是七十五度，所以將水加熱時必須調整溫度。

如果連這樣的控制都做不到，就會挨布蘭塔克先生罵，所以會這個也是理所當然。

「而且你是先將熱水倒進杯子裡。」

這也是過去以上班族的身分去拜訪燒酒酒廠時，被上司百般耳提面命的步驟。

雖然我覺得沒什麼太大的差異，但光是這樣就會讓味道與香味完全不同，所以我也覺得很不可思議。

「儘管只是個瑣碎的步驟，但意外地很少有人知道。」

「是布蘭塔克先生教我的。」

這當然是謊言，但總不能說是前世學到的知識，因此我決定這樣蒙混過去。

「那個男人雖然愛喝酒，但只要有酒喝就不在意其他事。他十年前也是直接將熱水加進酒裡，看來他現在有點成長了。」

「（不妙……）」

天生的大貴族，就是如此無法輕忽的存在。

因為她連十歲時看過的布蘭塔克先生的細微舉動都記得。

「威德林似乎不是個只懂魔法的男人呢。」

「不，我真的只會魔法。」

「雖然你這麼說，但你的領地也開發得很順利吧。」

「因為我的家臣非常優秀。」

「這也算是你的功勞之一。對貴族來說，結果就是一切。」

即使本人非常愚蠢，只要家臣處理得好，就會獲得正面的評價。

相對地，即使是家臣犯下的失誤，也會被當成自己的失敗遭受批判。

泰蕾絲大人表示貴族就是這樣的生物。

「話雖如此，威德林完全是靠自己的力量當上貴族。和一出生，將來就已經注定的本宮不同。本宮只會耍小聰明而已。」

「泰蕾絲大人。」

「本宮雖然被當成獨生女，但你知道本宮有其他妾生的哥哥嗎？」

「不，我第一次聽說。」

「然而本宮仍被選為當家，理由是這個膚色。」

菲利浦公爵家的崛起，似乎可以追溯到菲利浦伯爵奉中央的命令，率領軍隊鎮壓了北方的異民族國家勢力。

「北方的主要民族蘭族的特徵，就是和本宮一樣的褐色肌膚。」

作為征服者的菲利浦家透過聯姻，將地方的有力人士納入自己的勢力，花費千年以上的時間進行同化。

所以才會將膚色列為繼承人的條件之一。

「哥哥們的母親出身中央貴族，因此肌膚的顏色和本宮不同是白色。哥哥們即使去領地內視察，也會被領民們忽視。」

所以泰蕾絲大人才會當上菲利浦公爵。

至於她的小孩未來能否繼承家門，也同樣要看膚色。

未能繼承家門的哥哥們的妻子是地方有力人士的女兒，所以他們的孩子也擁有褐色肌膚。

按照泰蕾絲大人的說明，那些孩子的其中之一，或許會成為下一任的菲利浦公爵。

「對只因膚色而中選的本宮來說，下任當家是誰都無所謂。選帝侯和公爵這些頭銜，也沒有大家講得那麼好。」

「這我能體會。」

雖然或許會被人說明明不用為生活操勞還講這種話太奢侈，但這樣的生活確實沒那麼美好。

「本宮的夫婿人選也遲遲無法決定。雖然主要是因為哥哥們的妨礙……」

如果泰蕾絲大人嫁給地方的有力人士，生下的小孩膚色絕對是褐色。

希望之後輪到自己小孩繼承的哥哥們，似乎展開了各種妨礙。

「本宮也想結婚生子。即使對象不是本地人也無所謂。」

此外她也不想讓自己的孩子背負這種辛勞。

「嗯，真是辛苦呢。」

「是啊，非常辛苦。」

喝完兩杯用熱水稀釋過的酒後，臉變得有點紅的泰蕾絲大人接著說道。

感覺狀況在不知不覺間，變成年長的女上司對年紀較小的男部下抱怨。

「本宮本來想藉這次擔任迎賓負責人之便尋找夫婿，但都沒什麼好對象。」

泰蕾絲大人邊嘆氣邊抱怨這次參加的貴族，全都是看上菲利浦公爵家的權力和財富的軟弱公子哥兒。

「因為是政治聯姻，所以某種程度上也是無可奈何吧？」

「就連能讓人稍微妥協的對象都沒有。即使有也都是些條件不合，或是已婚的人。這麼一來，就只剩下最後一個方法了。」

「什麼方法？」

「不結婚直接生孩子。」

其實阿卡特神聖帝國的女貴族當家似乎經常用這種手段。

隱藏父親的存在，只生下對方的小孩。

至於這麼做的原因，果然還是為了預防外戚專政。

「（總覺得有些人應該在完事後就被殺掉了……）」

雖然感覺很可怕，但反正與我無關，所以我決定不去在意。

身為伯爵的我，沒必要勉強當別人的種馬。

「也有許多人在提供完精子後就被殺掉了。為了讓孩子成為父親不明、單純的女領主之子，這也是理所當然的處置。」

「（好可怕！）」

不過一想到與我無關，就讓我鬆了口氣。

「此外也有人是祕密和優秀男性交易，藉由提供金錢或一定的地位，來交換對方的精子。」

「咦？」

就在我心想「該不會？」的同時，泰蕾絲大人以濕潤的眼神將手繞到我的肩膀上。

「雖說魔法的才能不會遺傳，但如果是像你這種從貧窮騎士的八男爬到現在這個地位的勇士的精子，應該有資格當本宮孩子的父親。如果你對本宮產生了情慾，本宮允許你盡情和本宮交合。本宮是公爵家之女，所以還是不必擔心染病的處女。你隨時都能盡情擁抱本宮。」

「……」

這段令人難以想像是出自二十歲女性之口的發言，讓我當場啞口無言。

「本宮也不會利用這孩子，來要求鮑麥斯特伯爵家的繼承權。雖然你的正妻看起來不好對付，但請你好好扮演姦夫的角色。那麼，本宮今天就先回去了。雖然就算你想馬上抱本宮也沒關係，但聽說這種事情還是慢慢來比較能勾起男性的慾望。唉，雖說也沒剩多少時間了。」

喝完第三杯稀釋過的酒後，泰蕾絲大人靜靜地離開房間。

雖然有一部分也是受到酒的影響，但被丟下的我一想到回國前要面對的辛勞，就直接深沉地昏睡過去。

第七話　菲利浦公爵家的女當家

「必殺，Burst Great Rising！」

「喔喔！」

「導師還是一樣厲害。」

以親善訪問團成員的身分抵達阿卡特神聖帝國的隔天。今天兩國的魔法師們要舉行魔法展示會。

地點是在也用來舉辦武藝大會，位於皇宮旁邊的競技場，場內擠滿許多觀眾，在主要的賓客中，也能看見皇帝陛下的身影。

魔法師們依序展示自己擅長的魔法。

因為能一覽平常很少有機會看見的大規模攻擊魔法，所以這活動也很受平民的歡迎，想取得門票似乎非常困難。

雖然也有人將這活動揶揄為「魔術秀的延伸」。

儘管有些初級魔法師也會在民間以演藝的形式表演魔法秀，不過很難像親善訪問團來訪時這樣，看兩國的知名魔法師們展示魔法。

首先上場的是中級程度的魔法師，以外觀華麗的攻擊魔法，讓事先設置的標靶和巨石接連炸裂。

之所以不採用決鬥的形式，是為了避免珍貴的魔法師出現死傷。

魔法展示持續進行，現在輪到導師施展曾經對科特使用的火柱魔法，將高度約十公尺的岩石全部熔成岩漿。

觀眾們都為那股威力大聲歡呼和鼓掌。

「對導師來說，這應該是令人想打瞌睡的實地演出吧。」

若導師認真展現自己的實力，恐怕會對周圍造成極大的損害。

所以他才會製造約二十公尺高的火柱蒙混過去。

而我們也在貴賓席觀賞那幅光景。

「如果是那個男人，即使派出萬名軍隊，也會被他輕鬆擊潰。」

「說得也是。」

「真是個徹底顛覆軍事常識的男人。這點威德林也一樣吧？」

「……」

在貴賓席坐在我旁邊的，是那個愛搗亂的性感美女泰蕾絲大人。

她不知為何很中意我，並賜予我隨時都能與她共度良宵的權利。

以正妻身分坐在我另一邊座位上的艾莉絲，似乎對她抱著極為強烈的戒心。

雖然我還沒告訴艾莉絲我獲得讓泰蕾絲大人懷孕的權利，但要是說了一定會讓艾莉絲更加吃醋，現在除了設法保密以外，我心裡都在思考該如何平安度過這段期間。

「（要是和泰蕾絲大人生孩子，一定又會增加一堆麻煩。）」

我明明是有五位美麗妻子的成功人士，但內心不知為何一直不得安寧。

而且泰蕾絲大人還是個能成功挑逗我男性慾望的美女，這讓事情變得更加麻煩。

為了避免被誘惑，我盡可能不想接近她，但她負責照顧我們這些魔法師。

即使她出現在我身邊，也一點都不奇怪。不如說這就是她的工作。

「皇帝陛下似乎也很高興。」

為了避免她再提及配種的話題，我試著詢問關於正開心地拍手的皇帝陛下的事情。

根據事前獲得的情報，他的名字是威廉十四世。今年七十八歲，是個已經在位三十八年的老先生。

「陛下出身梅特涅公爵家。透過貴族會議的投票，在三十八年前即位。」

這個國家的皇帝，是從中央的皇家與被任命為選帝侯的七個公爵家的當家中挑出候選人，再經由貴族議會的議員們投票選出。

阿卡特神聖帝國是個多民族國家，所以採用這種制度可以說是逼不得已的結果。

藉由讓皇位在中央的皇家和公爵家之間流動，來盡可能賦予所有人平等的權力。

儘管感覺有點不穩定，但很早就統一的阿卡特神聖帝國，可是曾經能壓迫南部的赫爾穆特王國的強國，可見這個制度並未構成問題。

雖然阿卡特神聖帝國之後失去了吉干特裂縫以南的領土，但赫爾穆特王國也因為停戰而停止北上。

在兩國共同將勞力用在解放魔物領域和開發未開發地上後，如今讓兩個國力相差無幾的國家戰爭風險實在太大，現在兩國之間的和平，可以說就是透過這個均衡狀態在支撐。

「都一把年紀了，也差不多該考慮退位了吧。」

雖然赫爾穆特王國的王位要到死後才能放棄，但皇帝在生病或年事過高時能夠退位。即使辭退也能靠選舉決定下任皇帝，這樣對那些下任皇帝的候補人選來說也比較方便。

此外退休後的皇帝被稱為上皇，能靠年金度過餘生。

儘管有這個榮譽的稱號，但將成為沒有任何實權的存在。

「因為有這樣的傳聞，其他公爵都忙著在修改通商協定或進行技術交流。」

那些人覬覦下任皇帝的寶座，才會將玩票性質的魔法師實演展示會的工作交給身為女性的泰蕾絲大人和年邁的陛下負責，自己將精力集中在促進貿易與技術的交流等有實際利益的工作上。

雖然這種搶功的方式非常露骨，但很容易理解。

「泰蕾絲大人不出馬競選嗎？」

「之前的陛下是我的曾祖父。要是一直讓本宮家的人當皇帝，也會構成問題。」

若一直讓同一個家族的人當皇帝會造成問題，因此在提名階段時多少也會進行一些協商。

「比起這個，接下來輪到威德林了。」

「好像是。」

雖然我因為是伯爵而坐在貴賓席，但也必須展示魔法，於是我急忙拿著魔杖走向競技場。

儘管我不需要魔杖，但表演時還是有揮舞魔杖的動作比較好。

「親愛的，加油喔。」

「雖然我不會施展太華麗的魔法。」

在刻意表現出妻子的一面牽制泰蕾絲大人的艾莉絲的聲援下，我走向競技場的中央。

放在那裡的岩石，和剛才被導師用魔法熔成岩漿的岩石是相同的尺寸，按照規定，必須用魔法破壞那些石頭，但使用的魔法系統或種類沒有任何限制。

「（比起威力，更注重精密度……）」

我拿起魔杖集中精神，幾秒後便產生旋風直擊岩石。

因為看起來沒什麼威力，所以岩石的外觀乍看之下也沒什麼變化。

「失敗了？」

「一點變化也沒有？」

觀眾們開始騷動，但我的魔法已經順利發動了。

我撿起腳邊的小石子輕輕扔向岩石後轉身離開，接著那塊岩石便粉碎成無數個約一立方公分大的正方體。

「好厲害……」

「如果這是戰爭，那士兵們早就被切成碎塊了……」

發現我的魔法造成的結果後，觀眾們開始發出歡呼與敬畏的聲音。

「嘿，看來我的指導還是有點成果呢。」

下一個要展示魔法的布蘭塔克先生在看見那些被平均切割成骰子狀的岩石後，姑且給了我一個合格的分數。

「接下來輪到布蘭塔克先生吧。」

「我也不擅長使用太華麗的魔法……」

接下來輪到布蘭塔克先生出場。

和我一樣舉起魔杖站在岩石前面的他，先用「火炎」將岩石加熱到變得通紅，再一口氣用「冷氣」凍結。急遽的溫度變化讓岩石粉碎，宛如鑽石般在空中飛散。

他的精湛技巧，讓觀眾席響起如雷的掌聲。

「你一點都沒衰退呢。」

「泰蕾絲大人，我還沒那麼老。」

「畢竟才剛新婚呢。」

「泰蕾絲大人，您對這個話題還真是堅持……」

泰蕾絲大人向返回貴賓席的布蘭塔克先生搭話，阿卡特神聖帝國的魔法師們見狀，便開始竊竊私語。

布蘭塔克先生算是敵國的人，所以他們覺得這樣不太適當吧？

「再來換卡特琳娜。」

「你的其中一位妻子啊。看起來是位能幹的魔法師。」

卡特琳娜在赫爾穆特王國原本就是擁有頂級實力的魔法師，在經歷了與我的夜生活後，她的魔力又更進一步了。

她隨便施展了一個龍捲風魔法包圍岩石，等龍捲風平息後，被粉碎的岩石已經消失了。因為被切割到極限變成沙粒，所以被風吹散到周圍了。

「連暖身運動都稱不上。」

「這也無可奈何，總不能真的讓我們戰鬥。」

「威德林說得沒錯。若讓你們使用魔法決鬥，那連觀眾都會被波及，兩國姑且還在停戰中，要是不小心出現死傷，只會無意義地增加讓兩國對立的要素。」

「雖然這麼說也有道理……」

這點程度的事情，卡特琳娜不可能不明白。

只是若無其事地獨占我旁邊的座位、並直接叫我威德林的泰蕾絲大人似乎讓她感到很不痛快，她對我露出不滿的表情。

「再來輪到阿卡特神聖帝國的魔法師。究竟會看到什麼樣的東西呢？」

注意到泰蕾絲大人和卡特琳娜之間散發出微妙氣氛的布蘭塔克先生為了轉移話題，開口詢問關於接下來要展示魔法的阿卡特神聖帝國的魔法師的事情。

雖然這個工作原本應該由我來做，但現在的我精神上實在沒有那種餘裕。

「畢竟十年前，阿姆斯壯為他們帶來非常大的震撼。」

「導師嗎？」

「那個男人非比尋常的魔力，就是在當時被廣為人知。」

導師的魔力成長過程，是屬於大器晚成型。

導師的魔力在約二十年前還只有中級程度，而且他不擅長使用放出系的魔法。

雖然導師現在能用充沛的魔力使用蛇形的放出魔法，但他以前不僅不會使用，也不具備足以參加親善訪問團的實力。

「那樣的男人，在十年後發揮出怪物等級的實力。而且他的魔力至今仍在成長。這樣當然會引發騷動。」

基於這樣的理由，導師在上次成了眾所矚目的焦點。

「這次除了他以外，還多了你和『暴風』大人。此外雖然擅長的是治癒和淨化魔法，但不僅『聖女』大人也來造訪，就連布蘭塔克都展現了如同往常的實力。赫爾穆特王國的魔法師陣容真是厚實呢。」

因為聚集的都是實力高強的人，所以或許會讓人有這種感覺，但阿卡特神聖帝國應該也沒泰蕾絲大人講得那麼弱。

整體平均起來，應該沒有太大的差別。

「我國這十年也出了不少強者。唉，各位就仔細觀賞吧。」

我們按照泰蕾絲大人的指示，觀賞魔法的現場演出，發現阿卡特神聖帝國也有許多優秀的魔法師。

事關國家威信，因此他們也召集了不少人才。

包含首席魔導師巴特森先生在內，其他魔法師也大多擁有中級以上的魔力。

活動進行到後半時，會場響起盛大的歡呼聲。

「是皮奇四兄弟！」

「四兄弟出場了！」

「他們很有名嗎？」

「沒錯。皮奇四兄弟是帝國現在最有名的魔法師。」

泰蕾絲大人點頭回答我的問題。

「四兄弟都是魔法師嗎？」

「正確來說是四胞胎。」

魔法的才能不會遺傳，因此即使親生兄弟會用魔法，也不代表自己就會使用。

不過皮奇四兄弟是四胞胎，所以都擁有相同的魔法才能。

「（因為基因相同嗎？如果是異卵應該就不行吧。）」

出現在會場的四兄弟似乎是同卵四胞胎，四個人的長相都一模一樣。

雖然他們的頭髮和眼睛都是黑色，但當然不可能長得像日本人。

他們擁有西方人的外表，但並沒有特別英俊，坦白講長相非常普通。

外觀看來約十八歲，搭配身高約一百七十五公分的消瘦身材，每個人看起來都像是隨處可見的普通青年。

儘管四人都穿著長袍，但不知為何分成紅、藍、黃、綠四個不同的顏色。

那些都是鮮豔又顯眼的基本色，所以如果是我，絕對會因為難為情而拒絕穿那種長袍。

「（看起來好像戰隊秀……）」

雖然還差一個人，但我第一眼看見他們，馬上就想起前世小時候看過的英雄戰隊電視節目。

「那四胞胎各自擅長的系統魔法都不同。」

「是這樣嗎？」

雖然魔法的才能似乎和基因有關，但即使基因相同，有時候擅長的魔法系統還是會不一樣。

或許那是因為後天原因產生的變化。

「聽說長男艾因斯擅長火系統。」

身穿紅色長袍的青年一揮動魔杖，岩石就被火炎包圍，然後熔成岩漿。

「次男札維擅長水系統。」

身穿藍色長袍並擁有相同外表的青年一揮動魔杖，岩石就被冰刃切成碎片。

「三男……」

「（該不會是叫德萊吧？）」

「德萊擅長土系統的魔法。」

這四兄弟的名字，似乎全是來自德文的數字。

雖然不曉得這個世界是否也有德語，但這裡的人名大多都是出自德國語系，所以沒什麼好奇怪的。

身穿黃色長袍的青年，發射出許多高速的岩彈粉碎岩石。

「最後是四男菲亞。」

身穿綠色長袍的青年，用風刃將岩石切成碎片。

原來如此，看來他們的實力還不錯。

「我國也是人才輩出啊。」

「四男的長袍之所以是綠色，是因為即使擅長的是風系統，若用藍色系可能會和次男的藍色撞到嗎？」

「你還真是愛在意些無聊的事情。」

等四人全部展示完魔法後，觀眾席響起盛大的歡呼聲和掌聲。

大概是認為若侍奉國家的魔法師很厲害，現在的和平就能長久維持下去吧。

如同我國的導師是強大的抑止力，以那四人為首的優秀魔法師們，也同樣是阿卡特神聖帝國的強大抑止力。

「……」

「親愛的，您怎麼了嗎？」

「我應該不認識那些人才對……」

因為那四人在表演結束後和我對上視線，所以讓我感到有點在意。

＊　＊　＊

「看來赫爾穆特王國也出了優秀的年輕魔法師呢。」

「以機率來說，兩國的魔法師數量應該大致相同。」

「你明明還這麼年輕，說的話卻和我國的內務大臣一樣。真是個有趣的孩子。」

當天晚上，舉行了由皇帝陛下主辦的晚餐會。

在親善訪問團中只有受到邀請的人能參加，而我、導師、布蘭塔克先生和卡特琳娜都被包含在內。

因為艾莉絲是我的正妻，所以也有被邀請，但艾爾、伊娜、露易絲和薇爾瑪無法參加這場只有符合資格的客人才能參加的皇宮派對。

他們將出席在迎賓館舉行、專門用來接待身分較低賓客的派對。

「雖然我覺得你應該會需要護衛。」

艾爾如此抱怨，但皇宮的派對禁止攜帶護衛。

儘管感覺有點危險，不過要是來自國內外的重要賓客出了什麼事，阿卡特神聖帝國將會威信掃地，所以應該是不會出什麼狀況。

畢竟這兩百年來都沒發生過什麼問題，因此我叫艾爾他們好好享受迎賓館的派對。

「不曉得會不會遇見我可愛的真命天女？」

「艾爾，我們姑且還有護衛的工作……」

「我知道啦，但感覺那三個人都不太需要。」

「即使如此，工作還是工作。」

個性認真的伊娜勸艾爾好好工作，後者無奈地乖乖聽勸。

這也算是我們日常的光景。

「伊娜，也給失戀的艾爾一點機會。」

「就算這麼想也別說出口啊——！」

薇爾瑪有點毒辣的發言，讓艾爾淚眼盈眶地怒吼。

被卡露拉小姐甩掉的傷害果然沒這麼輕易就恢復。

因為這些原因，我們分開參加派對，而我在會場上獲得被威廉十四世陛下主動攀談的榮譽。

需要保密的是，其實我心裡並不覺得這算是什麼榮譽。

陛下是七十八歲的老人，對他來說我就像個孩子一樣。

陛下笑著說我是個「有趣的孩子」，然後和我閒聊了幾分鐘。

內容主要是我的生平和討伐龍的事情。

因為最近經常被人問到這些事，所以我也大致習慣如何簡單扼要地說明。

「陛下，不好意思在您聊得正高興時前來打擾……」

「時間到了嗎？我再怎麼說也是個皇帝，所以必須和許多人打招呼。鮑麥斯特伯爵就好好享受在這個國家的時光吧。泰蕾絲好像很中意你，就讓她替你帶路吧。」

我們四人一起目送陛下離開後，這次換之前的四胞胎魔法師走向這裡。

雖然他們仍穿著那些不同顏色的長袍，但那算是魔法師的正裝，所以沒有問題。

身為女性的卡特琳娜現在是穿禮服，我則是換了件新的華麗長袍後才來出席派對。

「初次見面，鮑麥斯特伯爵大人。我叫艾因斯．賽門．皮奇。」

身穿紅色長袍的四兄弟長男艾因斯，接著介紹自己的三個弟弟。

「真是多禮了，我是威德林．馮．班諾．鮑麥斯特。」

我曾聽說過在阿卡特神聖帝國，首席的專屬魔導師是穿黑色的長袍，上位魔法師是灰色，見習或下級魔法師則是白色。

然而這四個人被允許穿顏色特殊的長袍。

這表示他們擁有相當的實力。

「聽說您曾經討伐過龍，並瞬間讓一萬名軍隊喪失戰鬥能力。」

「看來有些傳聞太誇大了。」

剝奪一萬名軍隊的戰鬥能力，是布蘭塔克先生、卡特琳娜和我三人達成的成果。

因此我訂正了這個部分。

「真是了不起的成果。同樣身為魔法師，我們也得好好加油才行。」

艾因斯和其他兄弟一起用相同的臉讚揚我的成就。

「不過……這點程度的事情，我們應該也辦得到。」

然而話題的方向馬上就改變了。

四人以略微扭曲的表情，開始主張他們也能輕鬆擊倒龍。

「（呃……這是競爭意識？還是嫉妒？）」

雖然不曉得是哪一邊，但看來他們的個性還滿差的。

「我們從小就被稱做帝國的得意門生。」

儘管不曉得他們的背景，但這四胞胎全都是擁有上級魔力的魔法師。

站在帝國的立場，應該無論如何都想獨占他們吧。

「拜此之賜，我們根本就沒機會外出討伐。」

我明明就沒特別想聽，但穿藍色長袍的次男札維仍自顧自地接著說道。

因為解放魔物領域的任務在最壞的情況可能會害人喪命，所以才不容易派天賦異稟的年輕魔法師們去吧。

這種危險的工作只要委託民間的高位魔法師就行了，四胞胎只需要專心修練。這也算是一種溫存的策略吧？

「當然只要派我們去做，那種任務根本是輕而易舉。」

「嗯，我想也是。」

「您也承認這點嗎？」

「是啊。」

他們一看就知道實力高強，既然赫爾穆特王國的魔法師辦得到，那他們很可能也辦得到。

於是我坦率地說出內心的想法。

「（話說這些傢伙到底想說什麼？）」

「我們以後也不能輸給鮑麥斯特伯爵大人。」

「你們馬上就能追上我了。」

「呃……是這樣嗎……」

接下來好一段時間，他們一直都在講自己的魔法有多優秀，以及自己是因為備受期待才被祕藏起來。

「（每個貴族都必須長時間聽這種無聊的話嗎？）」

儘管心裡不斷打呵欠，但我表面上仍裝出笑容滿面的樣子聽四人說話。
我前世也遇過這種明明能力很微妙卻超愛說教的上司，我像聽那個人說話般，將四胞胎的話當成耳邊風。
「我們應該很快就會立下超越鮑麥斯特伯爵大人的功績。坦白講，這讓我們對您感到有點不好意思……」
「這樣啊……」
要是回答「加油吧」，感覺會惹他們生氣，但回答「我不會認輸的」又不合我的個性。
雖然我回答得很曖昧，但他們似乎根本沒期待我做出完美的回答。
講完想說的話後，他們就去找其他來賓了。
「那些人到底是怎樣？」
「誰知道？」
「因為您明明年紀比他們小，卻立下了比他們還多的功勞，所以他們才會嫉妒您吧？他們想表達只要自己有心，隨時都能做出超越您的成果。」
「也只剩這個可能了。」
「這宣戰布告真是微妙。」
就在卡特琳娜對他們的行為表示困惑，艾莉絲試著推測他們的想法時，泰蕾絲大人現身了。
「總算打完招呼了。接下來能一直待在威德林身邊。」

看來她果然很中意我。

雖然泰蕾絲大人馬上又開始挽住我的手，但我突然從背後感覺到類似殺氣的東西。

回頭一看，皮奇四兄弟正以銳利的眼神看向這裡。

「他們盯上泰蕾絲大人了嗎？」

「差不多就是這樣。」

儘管現在還不是貴族，但將來一定能成為貴族的皮奇四兄弟為了順利成為泰蕾絲大人的夫婿，似乎擬定了不少計畫。

這表示他們對自己非常有自信。

「那些人的確符合當本宮夫婿或孩子父親的條件。」

雖然他們能靠魔法才能當上貴族，但新興貴族的家門根本沒什麼實力。

反過來講，這樣也能防止外戚專政，所以正適合當菲利浦公爵家的夫婿。

「有傳聞說他們用同一張臉在爭奪本宮。」

「他們算是不錯的夫婿人選吧？」

「本宮可不願意。至少也給本宮一點選擇的權利吧。」

按照泰蕾絲大人的說法，他們偶爾會露骨地流露出下流的念頭，這讓她感到厭惡。

「而且你不管是臉或能力都比較優秀。個性也比較坦率。」

「是嗎？」

不管再怎麼想，精神年齡接近四十歲的我都不可能擁有少年般的內心。

而且我的個性應該也因為王都那些不像樣的貴族變得非常扭曲。

「雖然與布洛瓦藩侯家的紛爭，似乎讓你以貴族的身分吃了不少苦頭，但以第一次來說算是做得不錯了，還有改善的空間這點也很可愛。」

看在年僅二十歲就支配菲利浦公爵領地的女豪傑眼裡，我頂多只能算是半桶水的貴族。

而且我還比她小四歲，所以或許她有一半是把我當成弟弟看待。

「明明想吸引本宮的注意，但在魔法師的成就方面卻輸給年紀比自己還小的年輕人，他們也真是不幸呢……」

因為是擁有上級魔力的四胞胎，所以他們從小就在帝國的看管下每天進行訓練。

站在帝國的立場，要是讓他們在實力還不夠強時就因為過於勉強的任務喪命，那就得不償失了，因此他們似乎缺乏狩獵強悍魔物的經驗。

「（原來是溫室裡的花朵……）那他們為何會把我當成競爭對手？」

「因為你從十二歲就開始活躍。」

雖然是出於偶然，但因為老家的狀況而早早獨立的我，在十二歲時就打倒了龍。

站在那四胞胎的立場，我的活躍應該讓他們感到相當焦慮。

「也有人不贊成用這種慎重的方法培養皮奇四兄弟。那些人似乎會用『人家赫爾穆特王國的威德林．馮．班諾．鮑麥斯特才十二歲就打倒了兩頭龍』的說法來挖苦他們。」

雖然為了避免損失人才而慎重行事並沒有錯，但軍方也有人認為過度保護並不妥當。

「（真是給別人添麻煩……）」

即使如此，反正他們表面上也不能對我這個伯爵怎麼樣，等我離開這個國家後，雙方至少會有十年見不到面。

只要適當地敷衍一下，就不會造成什麼問題。

「要是有空挖苦別人，不如現在就自己去討伐龍。」

「不過他們只要沒有上級的許可或命令，就無法行動。」

等基於義務參加又不怎麼有趣的派對結束後，我們返回迎賓館。

雖然泰蕾絲大人在不知不覺間失去蹤影，但她原本就是個大忙人，因此我也沒放在心上，就在我打開自己的房門後——

「威德林，你真慢呢。」

「泰蕾絲大人？」

我發現泰蕾絲大人已經換上絲綢睡袍躺在我的床上。

而且她手上還拿著和昨天一樣的酒瓶。

「和本宮一起度過夜晚的無聊時間也不錯吧。還是說……」

泰蕾絲大人突然脫下身上的絲綢睡袍，露出底下半透明的蕾絲睡衣。

顏色是紫色，胸罩和內褲也是相同的顏色。

雖然覺得不該看，但我還是忍不住看了。

我徹底臣服在她的魅力之下。

「不管是貴族還是皇族，都需要私人時間。」

「是啊……」

「無論這個房間裡發生什麼事，本宮的部下都不會說出去。你可以盡情縱慾沒關係。」

「（咦——！這不是擺明在誘惑我嗎？）考慮到我們的立場，這再怎麼說都太不妙了……」

「放心吧。即使有了孩子，本宮也會當成自己的孩子養育。」

雖然這不曉得這有什麼好放心的，但聽完這些話後，她一靠近我就讓我內心小鹿亂撞。

明明必須抵抗她的誘惑，但她的魅力是貨真價實的。

讓人難以想像她真的是處女。

「（糟了……我或許會輸給她的誘惑……）」

就在我這麼想時，房間的門突然開啟，一堆人衝了進來。

「泰蕾絲大人，我實在不能對此視而不見！」

進入房間的，是和泰蕾絲大人一樣穿著睡袍的艾莉絲她們。

「堂堂公爵大人，這實在太不知羞恥了。」

「偷別人的老公實在令人不敢恭維。」

「即使對方是階級遠比您低的伯爵，但終究是不同國家的人。所以威爾大人可以更強硬地拒絕。」

「泰蕾絲大人，您現在的樣子實在與您高貴的身分不符。」

伊娜、露易絲、薇爾瑪和卡特琳娜接連出言譴責，泰蕾絲大人瞬間露出「有人來礙事了」的表情。

「看來妳們的團結程度比想像中高呢。」

「如果不這樣，威爾大人的妻子只會無止境地增加。」

薇爾瑪說得沒錯，現在仍有許多人想將女兒塞給我，即使只是當情婦也在所不惜。

我原本是生活在以一夫一妻制為常態的世界。

雖然我也是曾經憧憬過後宮的普通平民，但實際上五個人就是我的極限了。

光是這樣就讓我累積了不少壓力，得靠祕密和亞美莉大嫂幽會來消解。

這實在是件矛盾的事情。

「事情就是這樣，今晚由我們來陪他。以後威德林大人每個晚上都不會有空。」

艾莉絲乾脆地說完後，便強硬地將泰蕾絲大人推出房間。

「只要從其他房間把床搬來連在一起就行了。親愛的，今晚六個人一起睡吧。」

「好……」

儘管艾莉絲臉上的笑容和平常一樣，但從中散發出的魄力讓我理解即使抵抗也是白費工夫。

而且泰蕾絲大人的性感魅力也讓我的內心變得莫名激昂，所以當天搬好床後，就直接進入夜晚的時間。

然後隔天……

「真是太誇張了……」

來整理床鋪的女僕在看見床上的慘狀後，驚訝地呆站在原地。

「女僕小姐。」

「是的！我會馬上整理乾淨！」

「呃，加油吧。」

我偷偷塞了幾枚銀幣給女僕。

「看來本宮的意中人和外表不同，是個床上英雄呢。這樣正好。」

吃早餐時，泰蕾絲大人毫不在意昨晚被趕出房間的事情，開心地向我搭話。

「只要是男魔法師，大多都會使用『精力回復』。」

其實即便魔力只有初級程度，還是有很多魔法師會用這個魔法。

雖然效果有差，但因為大部分的人原本就只能對自己使用，所以被視為難度較低的魔法。

只是考慮到這個魔法的效果，傳授給未成年人幾乎算是禁忌。

我也是結婚後才首次打開師傅書裡的祕密頁。

需要保密的是，覺得「這又不是週刊雜誌的裸體寫真集的祕密頁」的人只有我一個。

「您該不會又有什麼企圖吧？」

「別那麼生氣。本宮只是想和艾莉絲大人她們和解。」

「和解嗎？」

「沒錯。艾莉絲大人應該也明白想在國內的貴族當中尋找夫婿，是多麼困難的事情。」

因為夫婿的老家，會干預菲利浦公爵領地的統治。

「不過這點鮑麥斯特伯爵家也一樣吧。」

「卡特琳娜大人。新興的鮑麥斯特伯爵家的狀況，和歷史悠久的菲利浦公爵家不一樣。」

因為鮑麥斯特伯爵家是新興的家門，接下來必須透過親族與世襲來建構家臣團。

儘管中央和南部貴族的親戚也大量流入領地，但因為利益龐大，所以還不必擔心有人分不到好處。

那些人與老家的關係，在下個世代以後就會變疏遠，改以鮑麥斯特伯爵家為優先。

由於原本就是無權繼承家門而被送過來的多餘人口，因此很少有人會以老家為最優先。

就算有，那樣的人也會逐漸被排除。

「正因為是新興貴族，所以做事情才有彈性。」

然而菲利浦公爵家已經有完備的家臣團。

特權也都按照比例分配好，沒有剩餘的利益。

「假設本宮納人為婿，夫婿的老家一定會藉此要求回報。若本宮接受了這個要求，就會有人得被迫犧牲。」

因為家臣的人數和預算的編排都已經大致決定好了，若想接納新人，就必須剔除舊人。

「應該會有人因為親屬關係或家世而吃虧吧。實際上過去也曾因為這樣發生過流血事件。」

突然從當家夫婿的老家跑來的人，搶走了自己的職位或特權。

有些人被逼急後便會做出這種行動，我也不是不能理解那些人的心情。

「因為這些因素，本宮才會在過了適婚年齡後仍然未婚。就在此時，威德林出現了。」

泰蕾絲大人原本就沒打算讓我成為她的正式夫婿，在孩子出生後也不會讓大家知道是我的孩子。

只要公開宣稱那是泰蕾絲大人的孩子，周圍的人應該就會接受這個說法。

「女當家真的是很麻煩。反正哥哥們已經在背後策劃讓自己的孩子繼承下任當家，為了避免孩子將來受苦，本宮也想讓自己的孩子成為分家的當家。」

「這麼做有什麼好處嗎？」

「有。本宮會變幸福。」

「……」

這個回答……也不算是非常出乎預料，但還是讓所有人都啞口無言。

「你可以靠魔法移動吧？身為領主，本宮平常也很忙。所以只要每個星期能來玩一次就夠了。若太想本宮，也可以更常來訪。反正夜晚非常漫長。」

「泰蕾絲大人，您……」

「本宮不會破壞艾莉絲大人們的排行。本宮也是貴族，不至於不明白這些事情。那你的回答呢？」

面對泰蕾絲大人的猛烈攻勢，艾莉絲難得陷入苦思。

身為大貴族的女兒，艾莉絲算是非常聰明，但本身就是大貴族的泰蕾絲大人更勝一籌。

「露易絲，怎麼辦？」

「這要看威爾怎麼決定吧？薇爾瑪。」

「我原本只是下級貴族之女。卡特琳娜呢？」

「對前陣子才剛成為貴族的我來說，這問題實在太難了……」

至今都將這種問題丟給艾莉絲處理的她們終於遭到報應，四人都不曉得該如何回答。

「（要是我這時候答應了會怎麼樣？）」

儘管口頭上嫌麻煩，但這對其實正逐漸被泰蕾絲大人的魅力迷倒的我來說，是個非常令人煩惱的問題。

「（她昨天穿蕾絲睡衣的樣子真驚人）好痛！」

「威爾，你剛才在想什麼？」

我腦中一浮現色情的妄想，露易絲馬上就踢了我一腳。

「……簡單來講，就是會變成與外國貴族的事實婚吧？」

「這是最接近的解釋。」

「即使威德林大人和我們答應，陛下也不見得會認同。」

「這麼說也沒錯。」

但實際上即使我和艾莉絲她們不答應，只要陛下一聲令下，我就不得不和泰蕾絲大人變成那種關係。

畢竟那是君主的命令。

「那就只能設法取得許可了。」

「我覺得很困難。」

「本宮姑且會試著努力看看。因為只要獲得取可，就能讓你們接受。」

吃完早餐後，泰蕾絲大人表示她今天有其他行程，迅速離開了迎賓館。

過了幾個小時後，我們才明白她當時為何會露出「這是你們自己的承諾」的得意表情。

＊　＊　＊

「艾莉絲大人被擺了一道呢。」

在阿卡特神聖帝國的第三天有個最大行程，就是向本國的親善訪問團員們報告中途的經過。

主要是讓負責通商與技術交流的官員與貴族們報告交涉和交流會的經過，最後再順便讓有參加魔法展示會的魔法師們，報告阿卡特神聖帝國的有力魔法師們的個人情報與擅長的魔法。

尤其是軍方，特別想從這項報告獲得情報。

在座的武將或軍官都認真地抄筆記。

此外，不知為何是由我負責報告。

其實這本來是導師的工作，但他嫌麻煩所以都丟給我處理。

「請找布蘭塔克先生吧。」

「我是陪臣所以不行。」

被布蘭塔克先生逃掉後，我勉強參考卡特琳娜做的筆記，順利完成報告。

「謝謝妳的筆記。」

我向坐在我旁邊的卡特琳娜道謝。

「威德林先生還是對其他魔法師多注意一點比較好。」

雖然她說得沒錯，但我比較喜歡學習和嘗試自己能用哪些魔法，對其他人會用何種魔法沒什麼興趣。

「筆記的回禮，我之後會用身體償還。」

「這說法真是下流。」

「妳不喜歡嗎？」

「我又沒說不喜歡。不如說還很高興……等等！剛才的當我沒說！」

在嚴肅的報告全部結束後，大家轉而開始閒聊。

其中貴族們最關切的話題，就是被泰蕾絲大人露骨地追求的我。

「能被那麼漂亮的美女追求，鮑麥斯特伯爵大人真受女性歡迎。」

「真令人羡慕。」

「是啊。要是我再年輕個十歲，或許就能等她來找我了。」

因為事不關己，所以有些上了年紀的貴族們不斷地揶揄我。

聽完詳情後，他們又接著問我有什麼打算，因此我便說出艾莉絲搬出陛下的名字拒絕的事情，接著隸屬商務派系、負責與阿卡特神聖帝國貿易的修爾翠伯爵便同情地看向艾莉絲。

他是個約二十來歲，身材纖細的金髮美青年。

語氣沉穩的他，外表看起來就像個文藝型帥哥。

「被擺了一道？」

「陛下也不是沒有下達許可的可能性。」

「難不成……」

「其實兩國檯面下正在計畫擴大貿易。」

由於已經停戰了兩百年，因此開始出現差不多該締結不戰條約、擴大人與物的交流的意見。

「軍方的強硬派勢力也相當強大。雖然目前正在慎重地進行商談，但他們也並未反對擴大通商。」

要是原本只能進入彼此首都的東西變得能進出其他貴族領地與都市，對開戰時的情報收集作業將會非常有幫助，因為戰爭需要許多錢，所以他們也贊成擴大交易讓稅收增加。

「而且即使締結不戰條約，會開戰時還是會開戰。」

雖然這是非常直率的意見，但簽訂條約確實不代表能防止戰爭。

只要有那個意思自然就會破壞條約，這才是人類的歷史。

「雖說是強硬派，但非常極端的人只占少數。也有人只是假裝而已。」

經常煽動對鄰國的危機感，做好不論何時開戰都能應付的準備。

也有許多人是藉由這樣的名義，來確保最近持續被刪減的軍隊預算。

「若僅限於通商，那幾乎沒有人反對。」

目前的貿易，僅靠固定班數的魔導飛行船往來兩國的首都。

能進行貿易的也只有幾名獲得特殊許可的商人，如果他們沒對經濟發展做出貢獻，領地與吉干特裂縫鄰接的貴族們更有可能會進行陳情。

「他們想和吉干特裂縫對面貿易吧。唉，雖然現在也有在私下貿易。」

雖然數量不多，但似乎偶爾會有亡命之徒往來兩國，或是在晚上透過繩索進行走私。

「儘管一開始是全部取締，不過現在則是默認少量的交易。」

如果是協助偷渡，就會構成處罰的對象，但小規模的走私已經獲得默認。

兩國的首腦似乎也認為這個狀態不太好，所以想要增加能進行交易的港口，或是正式擴大原本只能在待在首都的商人們的行動範圍。

「再來就是允許和別國的貴族結婚。」
這會成為友好的橋梁，還是外患的原因呢？
儘管這件事目前也只有在檯面下進行，但似乎有解禁的可能性。
「作為嘗試，陛下或許會允許菲利浦公爵與鮑麥斯特伯爵的事實婚。因為交易促進推進派也可能會表示贊同。」
至於反對派的理由，則是鮑麥斯特伯爵家可能會利用赫爾穆特王家當後盾，干涉菲利浦公爵家的繼承，當然反過來也成立。
不過只要能克服這點，就有可能獲得承認。
「菲利浦公爵閣下，應該早就預測到艾莉絲大人會搬出陛下的名字。所以才刻意讓她說出口，取得她的諾言。這樣只要陛下允許，就能讓鮑麥斯特伯爵成為她事實上的夫婿。」
連艾莉絲都不是對手。
對泰蕾絲大人來說，我應該是個輕易就能攻陷的對象。
「剛繼承家門時，那位大人還只是個傀儡。不過大約從五年前開始，她就幾乎將整個菲利浦公爵家都納入掌中了。根據情報，就連她的哥哥們都不敢公開忤逆她。那位大人是女中豪傑啊。」
聽完修爾翠伯爵的情報後，我再次體認到泰蕾絲大人有多厲害。
就在我開始思考該如何逃避到能夠回國時，同為親善訪問團成員的某個年輕官員慌張地衝了進來。

「怎麼了？」

因為這次親善訪問團的首要目的是通商，所以被任命為團長的修爾翠伯爵一問，那位官員便上氣不接下氣地報告：

「不得了了！威廉十四世剛才在辦公中突然倒下，治療後依然回天乏術，就這樣駕崩了！」

「這可是史無前例的狀況……」

這兩百年來，似乎沒有任何皇帝陛下或國王陛下是在親善訪問團造訪時駕崩。

雖然這個反應很有官僚的風格，但修爾翠伯爵也難掩驚訝的表情。

「這下麻煩了。現在根本不是進行通商交涉的時候。」

難得雙方逐漸達成共識，結果有權承認的皇帝陛下卻駕崩了。

在選出新皇帝並獲得其同意前，這件事只能暫時擱置。

這應該讓身為通商交涉負責人的修爾翠伯爵非常困擾。

「得和陛下進行通訊，請他允許我們延長滯留的期間……」

再加上還得收集關於新皇帝陛下的情報，以及基於外交禮儀參加即位典禮。

不過詳細的行程當然都還是未定，這起突如其來的事件，讓我們對接下來的情況感到一籌莫展。

第八話　好像在哪兒聽過的讓人想睡的政治話題

「威爾，好無聊喔。」

「是啊。」

「就算出門也沒事做，所以沒有意義。」

一般而言，在國王陛下或皇帝陛下駕崩後，國民通常都會跟著服喪。

現在的帝都也一樣，我們能去觀光的地方全都休息。

不管是餐廳、酒店、戲院、商店還是風化區，都會歇業到陛下的葬禮結束為止。

有在營業的，就只有和陛下的葬禮有關的店家。

為了讓貴族議會的議員與其他貴族前來帝都，也臨時增加了魔導飛行船的班次，一切都以讓他們能出席葬禮為最優先。

雖然我們只能窩在迎賓館裡，但基本上個性好動的露易絲，與和我一樣愛煩惱的伊娜看起來都很無聊。

「無聊歸無聊，但好處是這樣泰蕾絲大人就沒辦法來誘惑威爾大人了。」

「說得也是，那位大人應該很忙。」

艾莉絲帶著爽朗的笑容替大家泡茶。

看來泰蕾絲大人那些露骨的勾引行動，似乎真的惹她生氣了。

「泰蕾絲大人是公爵閣下。所以應該正忙著替駕崩的陛下準備葬禮。」

由於駕崩的是皇帝陛下，要是少了身為公爵的泰蕾絲大人，根本就辦不成葬禮。

卡特琳娜似乎也因為泰蕾絲大人不在而感到開心。

這麼說來，這三天都沒見到泰蕾絲大人。

「我剛才去港口看了一下，那裡擠滿了來參加葬禮的貴族。」

「唉，那間雪糕店也休息，真是太遺憾了。」

因為太閒而外出散步的布蘭塔克先生和導師也回來了。

導師一口氣喝乾艾莉絲替他泡的茶，布蘭塔克先生則是從魔法袋裡拿出酒加進瑪黛茶內。

就類似在紅茶裡加白蘭地的感覺。

「師傅，一大早就喝酒實在令人不敢恭維。」

個性非常認真的卡特琳娜，指責一大早就開始喝酒的布蘭塔克先生。

「再過四天就是陛下的葬禮。到時候會有很多辛苦的工作。我只是先稍作休息。」

說著說著，布蘭塔克先生津津有味地喝下加了酒的瑪黛茶。

「辛苦的工作？」

「伯爵大人，這可是一國之君的葬禮喔。而且我們還是被叫去參加正式的那場葬禮。」

在親善訪問團裡，我和導師都算是身分較高的成員。因此我們被邀請參加只有重要人物能夠參加的正式葬禮。

「伯爵大人，你有帶正裝嗎？」

「嗯，姑且是有帶。」

雖然穿長袍也沒關係，但既然是一國之君的葬禮，那還是穿正裝比較好。

「真虧你有帶來。」

「布蘭塔克先生，其實是羅德里希叫他帶的。」

「原來如此。」

布蘭塔克先生在聽完露易絲的說明後，露出佩服的表情。

羅德里希周到的程度的確就像會說「今天可能會下雨，所以帶把折疊傘吧」的媽媽一樣。

「葬禮結束後的隔天，就會開始召集貴族議會，進行皇帝選舉。」

雖然感覺有點趕，但這也是為了避免權力出現空窗期。

「我們也必須旁聽。」

「咦！是這樣嗎？」

明明我前世是連國會直播都完全看不下去的男人……

「選舉會花上三天。之後還有參加新皇帝的即位儀式與禮貌性訪問等公務。本來王國政府應該要另外派人過來，但正好親善訪問團還在帝國，所以還是直接交給我們處理比較省事。因此我們已經轉為外交團了。」

「怎麼這樣……」

被泰蕾絲大人逼迫、被討厭的四胞胎魔法師找碴，現在又被迫執行無聊的公務，這讓我不得不詛咒自己的不幸。

＊　＊　＊

「伯爵大人，你可別睡著了。」

「呼啊——」

參加完皇帝陛下的正式葬禮後的隔天，我邊在皇宮附近的貴族議會議場的觀摩席打呵欠，邊聽漫長的演說。

在泰蕾絲大人等人的準備下，昨天舉行的葬禮順利閉幕。

從貴族到平民，許多人都前來參加葬禮，我們也以赫爾穆特王國代表的身分，在相當前面的上座聽神官說教。

不管是哪個世界或國家的和尚，在這種場合都會花很長的時間說教。

那對我們這些早上流汗鍛鍊、在洗澡後吃完早餐才來的人來說，就像是睡眠魔法的咒語，害我打了好幾次瞌睡。

雖然覺得應該會被罵，但仔細一看，就連修爾翠伯爵他們看起來也昏昏欲睡。

他們和我們這些裝飾品不同，必須忙著收集情報，所以又比我們更累吧。

然後今天的皇帝選舉臨時議會也一樣。

在第一個上場的布蘭登柏格公爵發表演說時，大家都很睏。

我們不過是單純的觀摩者，但仔細一看，連有些議員都若無其事地睡著了。

雖然大概是葬禮太忙了，不過怎麼可以連當事人都睡著呢？

這讓我有點擔心帝國的政治。

「有議員睡著了。」

「是糟糕大人的範例呢。」

「布蘭塔克先生，你旁邊也有個不良範例。」

露易絲說得沒錯，我還在想導師怎麼這麼安靜，原來他正發出輕微的鼾聲睡著了。

「導師沒關係。」

「為什麼？」

「他眼睛不是睜著嗎？」

「雖然這樣講有點失禮，但那真的很恐怖。」

導師雖然在打瞌睡，但的確沒有閉上眼睛。

儘管我覺得他還滿靈巧的，但那副景象就和露易絲說的一樣，只讓人覺得詭異。

配上他的外表，小孩子看見一定會被嚇哭。

修爾翠伯爵他們甚至連看都不看導師，努力與睡魔戰鬥聆聽演說。

這是為了避免和導師對上面後，可能會被指責怎麼能打瞌睡吧。

「即使不聽，也能拿到演講的原稿吧。」

之後所有議員和相關人士，應該都會拿到書記官連同質詢和回答一起記錄下來的內容。

我們應該也能拿到，所以就算打瞌睡也不會有問題。

「雖然是很重要的事情。」

「話雖如此，不管誰當上皇帝，政策都不會有太大的改變。」

因為是在和平又安定的時代選出的皇帝，所以會偏向保守中立，不管最後由誰來當，都不會影響政策。

「停戰仍會持續，並逐步締結不戰條約與擴大通商。」

「人口的流動限制也會稍微變寬鬆吧。」

「解放魔物領域，開發未開發地，繼續致力於增強國力。」

「魔法技術的開發也會和以前一樣持續進行。」

下午換巴登公爵演講和回答質詢，但他的政策和布蘭登柏格公爵沒什麼差別。

開發的重點地區不同，是因為雙方都想以自己領地所在的地區為優先，這點其他候補人選也一樣。

如果不這麼做，就無法獲得同地區出身的議員們的選票。人只會為了利益行動。

雖然我前世會對打瞌睡的國會議員怒罵「太不像話了」，但這真的會讓人很想睡……議場內的議員們幾乎都在與睡魔戰鬥。

「明天還要繼續啊——！」

擔任我的護衛的艾爾必須站一整天，所以更加疲憊。

明明只要站著聽宛如咒語般的演說，卻比動起來時還要累。

「必須聽一整天的話，對冒險者來說實在太痛苦了。」

在走回迎賓館的路上，卡特琳娜也不斷睏倦地揉著眼睛。

「好睏，肚子餓了。」

「快點回去吃點什麼吧。」

「嗯，艾莉絲大人。」

薇爾瑪中間也有打瞌睡，完美超人艾莉絲則是邊抄筆記邊認真聽到最後。

這實在是常人無法模仿的偉業。

「艾莉絲都不會睏嗎？」

「在『聖』治癒魔法中，有讓人保持清醒的魔法。」

「我都不知道……」

這個魔法似乎是為了讓神官在被上司說教時不會打瞌睡才開發出來的。

原來如此，這是除了捐獻以外完全不會走進教會的我沒機會接觸的魔法。

看來神官也不過是一般人。

「明天有位令人在意的人物會發表演說。」

「令人在意？」

「那個人的政策似乎和其他人不太一樣。」

「真虧妳有辦法取得這種情報。」

「是爺爺透過教會取得的情報。」

雖然赫爾穆特王國的國教是正教徒派，阿卡特神聖帝國的國教是新教徒派，但其實阿卡特神聖帝國的國民仍有三成是正教徒派。

教會就是透過那些人取得獨有的情報。

「喔，你們知道紐倫貝爾格公爵啊。」

後面突然傳來聲音，接著我的手就被某人挽住。

從手臂傳來的美妙柔軟觸感，讓我確定應該是那個人。

「好久不見，上次見面是在陛下去世前吧。」

「本宮忙著準備葬禮，最近都住在皇宮。好久沒見到威德林了。」

泰蕾絲大人用力將胸部貼在我的手上，那股柔軟的觸感讓我感到無比的幸福。

「（簡直就像毒品一般……）話說紐倫貝爾格公爵是個什麼樣的人？」

「是個有點激進的男人。」

其他皇帝候選人都是三十幾歲到四十幾歲，提出的政策也只是沿襲去世的威廉十四世。

然而紐倫貝爾格公爵今年才二十二歲。

他似乎是個擁有經過鍛鍊的高大軀體、剪短的金髮，以及宛如老鷹般銳利的藍色眼睛的年輕野心家。

「他的領地與皇家直轄領地鄰接，是靠軍事繁榮起來的世家。雖然他們的當家大多都有點精力過剩，但現任當家馬克斯大人是經過純粹培養、徹頭徹尾的國粹主義者。」

如果想讓阿卡特神聖帝國繼續成長，就必須進行南征，現在正是該預作準備的時候。

他似乎直言不諱地對周圍的人如此主張。

「感覺好像很危險？」

「的確是有危險性。不過他也可能只是虛張聲勢。」

或許是因為其他候選人演講時都只會提出相同的政策，所以他才會提倡過度激進的政策，以吸引大家的注意力。

不過目前想發動戰爭非常困難，即使真的讓他當上皇帝，開戰的可能性也很低。

泰蕾絲大人如此預測。

「為了獲得軍方的支持，而打算替他們增加預算？」

「的確有這個可能性。」

反正明天就能知道答案，現在做再多猜測都沒用。

我結束這個話題返回迎賓館，在洗完澡和用完晚餐後回到自己的房間，然後發現泰蕾絲大人已經換上蕾絲睡衣在房內等我。

「泰蕾絲大人？」

「這個房間真讓人平靜。陛下去世後，本宮一直忙著處理葬禮沒空回來。」

泰蕾絲大人再次喝著稀釋的阿夸維特，向我搭話。

「去世的陛下以前非常照顧我。」

泰蕾絲大人在年僅十歲、還什麼都不懂時就繼承菲利浦公爵家，陛下擔任她的監護人，並對她照顧有加。

「否則本宮直到現在都還是別人的傀儡。」

此外一想到可能是自己的夫婿人選遲遲無法決定，害陛下為此傷神而導致壽命縮短，就讓泰蕾絲大人的表情蒙上一層陰影。

「（雖然卡露拉大人也是如此，但憂鬱的美女真是漂亮……）我聽說皇帝陛下的公務原本就非常繁忙，所以這絕對不是泰蕾絲大人一個人的錯。而且陛下很疼愛泰蕾絲大人吧？要是您一直露出這種陰沉的表情，陛下也無法安心地上天國。」
「威德林，你真溫柔。」
泰蕾絲大人邊說邊靠到我身上，這觸感讓我感覺快要失去理性。
「泰蕾絲大人，這時期這麼做也太輕率了吧？」
雖然我試圖抵抗，但泰蕾絲大人接著做出不得了的發言。
「陛下生前也曾為本宮的夫婿人選操心。為了讓他安心，本宮賦予你盡情與本宮交合的權利。」
「（又來這招！）」
雖然泰蕾絲大人再次做出偏激的發言，但今天也同樣遭到闖入者阻止。
為了與泰蕾絲大人對抗，穿著絲綢睡袍的艾莉絲等人一進房間，就開始一起脫衣服。
「真虧你們能找到那麼透明的衣服。」
「這是在之前那間內衣店買的。」
為了與泰蕾絲大人對抗，艾莉絲、伊娜、露易絲、薇爾瑪和卡特琳娜分別換上黑色、藍色、紅色、綠色和黃色的蕾絲睡衣出現在我們面前。
「泰蕾絲大人，接下來是夫妻的時間。」
「真遺憾。」
「不好意思，夫妻優先。」
「沒錯，夫妻優先。不過顏色和之前晚餐會上的四胞胎好像……」

「禁止插隊……話說大家穿這樣都不會覺得難為情嗎？」
被五人的蕾絲睡衣打扮嚇呆的泰蕾絲大人，馬上被力量驚人的薇爾瑪抱出房間。
「親愛的，接下來大家會一起守護您，所以請您放心。」
「雖然我很感謝，但妳們沒問題嗎？」
我現在還是很迷惘該如何面對泰蕾絲大人。
因為我從前世開始就不擅長應付女性，要是拒絕得太過強硬會讓我感到愧疚，外加她又是個大貴族，讓我擔心這或許會引發兩國之間的糾紛。
即使知道對方在利用這點，但麻煩的是她確實很有女性魅力。
其實我最近才發現自己或許比想像中還喜歡年長的女性。
「親愛的在立場上很難當面拒絕泰蕾絲大人，所以就由我們來趕走她。讓大家認為這無關貴族，單純只是女人之間的紛爭。」
若由我親自趕走泰蕾絲大人，或許會有人把這當成貴族之間的糾紛，但若交給艾莉絲她們，最後只會被認為是女人之間的紛爭。
艾莉絲如此向我說明。
「作為回報，親愛的得好好疼愛我們。」
「艾莉絲說得沒錯。若是讓人覺得我們夫妻感情不好，可能會給泰蕾絲大人趁虛而入的機會。」
「簡單來講，就是請你只注視我們。」

「泰蕾絲大人太糾纏不休了，要做就要做得徹底一點。」

「薇爾瑪小姐說得沒錯。那位大人比威德林先生所想的還要堅強，即使對她講得嚴厲一點也沒關係。」

既然妻子們拯救了迷惘的我，那我當然必須回報她們的恩情。

我忘記當天晚上還是服喪期間，被五位妻子徹底榨乾。

＊　＊　＊

「威爾也被婚姻這個牢獄給囚禁啦。這樣即使在選出新皇帝陛下後，也不能帶你去風月場所玩了。」

「艾爾文先生，我之前也有說過，不能帶威德林大人去那種地方。」

「艾爾真是狗改不了吃屎。」

「就是因為愛說這種話，才會被真正喜歡的女性甩掉。」

「艾爾缺乏誠意。」

「就是啊，即使來世再見，我也不會想跟你結婚。」

隔天早上一洗完澡，做完晨間訓練的艾爾就針對昨晚的事情開我玩笑，結果反而一早就被艾莉絲她們的言語反擊打倒。

「大家講話都太不留情了。我只是想治癒失戀的打擊……」

我們今天也為了出席貴族議會前往議場。

坐進觀摩席後，第三位候選人馬上開始演講。

那是位看起來出身良好、個性穩重的男性，約四十歲的他，穿著樸素但昂貴的衣服。

他的年齡應該比布雷希洛德藩侯稍微大一點。

「那是中央皇家的候選人，渥特大人。」

雖然阿卡特神聖帝國的皇帝是靠投票決定，但仍有於中央管理直轄地的皇家存在。

爵位是比公爵還高一階的大公爵，如果之後被選為皇帝的不是這個家的人，他們就會被視為輔佐皇帝的官僚機構。

雖然皇帝能在固定的預算內自己聘用人才，但光這樣還是不夠。

若想統治帝國，皇家的協助是不可或缺的。

就這部分來看，皇家的候選人或許會比較有利。

「這樣出自其他家的皇帝，也必須小心對待皇家。」

由於皇家負責管理直轄地和制訂預算，因此必須謹慎對待。

原來如此，這樣即使其他家的人靠投票當選皇帝，對皇家來說也不是什麼大問題。

「不過這樣就無法有什麼革新之舉呢。」

「沒錯。」

難怪每位候選人演講的內容都差不多。

「即使如此，終究還是皇帝。皇家會想取回這個位子，其他家的人也會為了名譽和利益參選。」

「原來如此。」

中央皇家的渥特大公爵的演說內容，和昨天那兩個人差不多。

考慮到現在的政治狀況，即使想推行嶄新的政策也不容易吧。

「要是他當選，就會成為阿卡特十七世陛下。」

關於皇帝的名字，如果是中央皇家的人當選，就會採用阿卡特的國名，若是其他家的人當選，就會從幾個候補名稱當中挑選。

上一代的陛下保守地挑了有許多優秀皇帝使用的威廉。

反過來講，也有些因為該皇帝聲名狼藉，而再也沒人使用的名稱。

「總算輪到最後的紐倫貝爾格公爵了。」

聽說他是徹底的鷹派，不曉得他會做出什麼樣的演講？

我因為有點興趣而仔細聆聽，他的演講果然非常偏激。

「阿卡特神聖帝國，現在正面臨重大的危機！」

他這句突如其來的臺詞，讓坐在議員席上座的泰蕾絲大人、其他候選人以及沒有參選的霍亨索倫公爵與麥森公爵驚訝地睜大眼睛。

「現在鄰國赫爾穆特王國正打算大幅增強國力！這是為什麼？因為他們國內出了英雄！」

紐倫貝爾格公爵以老鷹般銳利的視線，看向坐在觀摩席的我。

雖然也可能是在看導師，但後者即使面臨這個狀況，依然睜著眼睛發出輕微的鼾聲。

真是可怕的精神力。

「（咦！是我嗎？）」

「那位英雄十二歲就打倒了傳說的古代龍，之後又接著擊敗老屬性龍解放了帕爾肯亞草原。現在帕爾肯亞草原將被開發成大穀倉地帶。」

的確，我們解放的帕爾肯亞草原正被當成大穀倉地帶進行大規模的開發。

紐倫貝爾格公爵毫無破綻地收集了鄰國的情報。

「此外在發掘出古代名匠伊修柏克伯爵的工房後，王國能夠即時拿來運用的大型魔導飛行船也增加了！王國的飛行船數量，現在已經是我國的兩倍！不只如此，他們還利用冠上這座大陸之名的超巨大魔導飛行船進行運轉實驗與訓練！那艘船變成正式配備已經是時間的問題了！」

兩國都沒有大到能配合那艘船的魔晶石，王國目前也保管了幾艘雖然順利發掘出來，但仍無法使用的大型魔導飛行船。

兩國之間的平衡，的確因為我們而崩壞。

「南部的未開發地開始被開發！大礦山地帶赫爾塔尼亞溪谷也獲得了解放！如果無法填補這段差距，赫爾穆特王國將來一定會北征進攻我國！」

毫無根據的赫爾穆特王國威脅論，讓坐在觀摩席的修爾翠伯爵等人也驚訝得說不出話來。

雖然阿卡特神聖帝國過去偶爾也會讓赫爾穆特王國的貴族們來議場觀摩，但從來沒有人在這種場合光明正大地表示我國是個威脅。

「與其說是因為那樣在外交上很不禮貌，不如說是不想刺激對方？」

「就是這樣沒錯。」

距離停戰已經過了兩百年以上，現在沒有真正具備實戰經驗的人。

與其說是傷口好了就忘了痛，不如說是現在非主流派和年輕世代的勢力已經成長到讓人無法忽視他們想開戰的意見，兩國都為了壓抑紛爭費盡心力。

「老一輩的人和主流派那些人，都希望能維持現狀。」

反過來講，在那些身為非主流派又想往上爬的人、想在軍隊裡出人頭地的人與商人們當中，有許多人都認為只要開戰就能獲得利益。

即使叫他們考慮整體利益也只是白費工夫。

因為那些無法靠目前的體制往上爬的人，都希望能藉由戰爭打破現狀。

目前在軍隊中主張強硬意見的人，大多是被中堅分子排擠的人。

「促進國內的開發和擴大交易是理所當然的事情！不過我認為同時也需要強化軍備！實際上赫爾穆特的軍事預算也有稍微增加的傾向！」

在帕爾肯亞草原解放後，需要防衛的區域就變多了，士兵的數量和職缺也跟著增加，空軍為了將隱藏在地下遺跡內的魔導飛行船船塢當成基地，也增補了人員。

在赫爾塔尼亞溪谷，警備隊的工作和職缺也增加了。

這些都是必要之舉，所以儘管數字不大，但軍事費用確實有增加。

「為了與其對抗，我們阿卡特神聖帝國也必須充實軍備的質與量。」

與軍方關係密切的議員們，在聽完演說後發出熱烈的歡呼聲與掌聲。

和軍方有關的人，都樂見預算增加。

而當中真正希望開戰的人並不多。

站在軍方高層的立場，雖然預算增加是件好事，但考慮到戰敗的風險，大部分的人其實是反對戰爭。

「（希望以鄰國的國力增加與因此造成的威脅為理由，增加軍隊的預算。大概就是這樣吧……）」

雖然是充滿煽動性的演說，但能有效地獲取支持。

就算後來沒當上皇帝，這個年輕的野心家紐倫貝爾格公爵對赫爾穆特王國來說，依然是個必須特別注意的人物。

「即使至今都非常安泰，但要是繼續安逸下去，未來等待我們的就只有滅亡一途！下一任皇帝，必須有辦法對應兩國之間大幅變動的關係，有時還必須忍痛進行改革！我，馬克斯．艾哈德．阿曼．馮．紐倫貝爾格，才是能為帝國帶來真正繁榮的人！」

紐倫貝爾格公爵的演說，獲得了相當多議員的熱烈掌聲。

因為和前面那三場中規中矩的演講相比，這場演說更有聆聽的價值。

之後紐倫貝爾格公爵在面對質詢時，也流利地回答了所有問題。

儘管那道銳利的視線令人在意，但那也算是一個顯眼的特徵，他既年輕，長相也不差。

更重要的是擅長演說。

從他回答質詢的樣子，也能看出他的確是個非常聰明的人物。

「（只不過……）」

在過去的地球，也曾有過像希特勒和墨索里尼那樣擅長演說的獨裁者。

而選出他們的國民，之後也都遭遇了不幸。

「（這可能只是錯覺，而且又不是赫爾穆特王國內的事情……）」

儘管感到有些介意，但因為四位候選人的政見發表已經結束，所以我們便返回迎賓館。

「紐倫貝爾格公爵的名聲？還不錯喔。」

因為要是每天都被蕾絲睡衣逼迫也很麻煩，所以晚餐後我召集大家在客廳談話。

泰蕾絲大人、導師和布蘭塔克先生也一起參加，他們和我是喝酒，艾莉絲他們則是喝茶，大家一起討論這兩天的政見發表。

「他從以前就經常發表過度偏激的南進論，但在自己的紐倫貝爾格公爵領地，他並沒有為了增強軍備而影響到領地的財政。」

相對地，他積極地率先採取精兵制。

「他在軍隊的訓練內容中加入了狩獵魔物。」

紐倫貝爾格公爵僱用冒險者當嚮導進行集團式狩獵，並在魔物群開始活躍起來前巧妙撤退。

此外他還假借建構陣地訓練的名義，協助領民整頓街道和開墾，或是將失業者納入軍隊，讓他們從事這些工作。

拜此之賜，紐倫貝爾格公爵領地的失業者也比其他領地少，再加上因為軍隊會到處訓練，所以那裡的治安也不壞。

他施行的政策基本上都是德政，泰蕾絲大人也斷定他非常受領民們歡迎。

「他主張『軍隊必須成為強悍的團體』。」

「這麼說也沒錯。」

像導師那樣的存在非常稀有，所以在戰爭時，還是習慣團體行動的軍隊比較強悍。

話雖如此，他們也沒有疏於鍛鍊個人的武藝，紐倫貝爾格公爵家諸侯軍以阿卡特神聖帝國第一強悍聞名。

「那魔法師方面又是如何？」

「這部分就和其他公爵家沒什麼兩樣。」

優秀的魔法師難以避免地會有朝中央靠攏的傾向，因此即使是公爵家，也很難聘請到魔力量為上級的魔法師。

必須巧妙地運用數量有限的魔法師。

「那紐倫貝爾格公爵有機會成為下任皇帝嗎？」

「應該很難吧。」

雖然有許多人對年輕又能幹的紐倫貝爾格公爵抱持期待，但阿卡特神聖帝國至今的政治情勢也沒有糟到哪兒去。

在政策方面，也有許多人認為只要按照目前的趨勢一點一滴地改變就行了，大部分的人都預測這次應該是大公爵會獲勝，皇帝的名稱也將久違地變成阿卡特。

「現在賭大公爵勝選的人也最多。」

「有開賭局嗎？」

「在下聽說這是舉行皇帝選舉時，一定會跟著舉辦的著名活動！」

導師邊說邊拿出一塊木板給我們看。

仔細一看，他意外保守地賭了最受歡迎的大公爵。

「你不賭其他冷門嗎？」

「鮑麥斯特伯爵，賭博這種東西不贏就沒意義了！」

「這句話的確很有說服力……」

「雖然在那之前，我還有不少疑問……」

站在導師的立場，他想賭博是沒什麼問題，但這場賭局本身難道沒有違法嗎？

伊娜和露易絲看起來似乎非常在意。

「因為莊家是帝國，所以沒有問題。」

「是帝國主辦的嗎？」

「沒錯。除了能填補陛下的葬禮費用，在新皇帝即位前，與娛樂有關的設施都必須自律歇業。平民們多少也需要一些娛樂吧。」

泰蕾絲大人的說明，似乎讓卡特琳娜難掩驚訝。

「實在是讓人難以理解。」

「因為賭博這種事，最賺的就是莊家。」

「薇爾瑪不經意地做出了非常尖銳的發言呢。真是個有趣的傢伙。反倒是『暴風』大人比較嚴肅呢。」

其實薇爾瑪這句話包含對政府的諷刺，但泰蕾絲大人即使有發現，依然笑著讚許她的膽識。

「不管做什麼事，都需要用到錢。畢竟預算是有限的。」

「有沒有可能出什麼差錯，讓紐倫貝爾格公爵當上下任皇帝呢？」

「艾莉絲大人對紐倫貝爾格公爵抱持警戒嗎？」

艾莉絲似乎也和我一樣，對紐倫貝爾格公爵抱持警戒。

她是基於從祖父那裡獲得的情報，我則是基於前世的知識與直覺。

「順利的話，他應該會是第三高票吧？這次應該不會有什麼波折。」

不管再怎麼受歡迎，投票的還是議員。

許多人都必須基於地緣、血緣、派閥與特權投給其他候選人。

「為了替明天做準備，大家早點睡吧。」

那天泰蕾絲大人並沒有來夜襲，所以大家正常地就寢。

隔天，決定下任皇帝的投票終於開始了。

「好像直到有人獲得過半數的票為止，都必須反覆投票……」

首先是第一次投票。

五百名議員各自擁有一張選票，他們會用羽毛筆在選票上書寫，然後放入投票箱。

等所有議員都投完票後，馬上就會開票進行統計。

為了防止舞弊，這項程序會在所有議員面前進行。

「結果要再次投票！」

負責計票的官員如此宣布後，便開始進行第二次投票。

一開始的結果是優勝候補的大公爵兩百二十一票，紐倫貝爾格公爵一百一十一票，布蘭登柏格公爵九十七票，巴登公爵七十一票。

泰蕾絲大人的預測失準，紐倫貝爾格公爵是第二高票。

看來他比想像中受歡迎。

首先是得票數最低的巴登公爵失去資格，再來將針對剩下的三人重新進行投票。

「接下來應該就是大公爵獲得過半數的票，然後確定當選吧。」

「泰蕾絲大人似乎是這麼預測。」

我無視今天也睜著眼睛睡覺的導師，和布蘭塔克先生繼續討論。

「從得票數的比例來看，應該差不多是這樣吧？」

然而接下來的投票仍出現了波折。

「結果必須再次投票！」

或許是太過出乎意料，議場內有許多議員開始騷動。

大公爵獲得兩百四十九票，還差一點才能過半數。

然後紐倫貝爾格公爵是一百五十四票，布蘭登柏格公爵是九十七票，布蘭登柏格公爵確定落選。

雖然布蘭登柏格公爵一臉驚訝，但他驚訝的應該不是自己落選，而是沒想到第二名居然是紐倫貝爾格公爵吧。

「嗯——雖然我覺得大公爵應該是穩操勝算……」

問題在於連泰蕾絲大人都看不出選票的流向。

第四名的巴登公爵在一開始獲得了七十一票。

或許是認為即使投給呼聲最高的大公爵也無法獲得優待，這當中有一半以上的票後來流向了紐倫貝爾格公爵。

「再來就是商人票也流過去了吧？」

有一成的議席是非貴族席。

雖然那些席位大多是被遠比一些平調子貴族富有的大商人或大工房的老闆占據，但他們或許對紐倫貝爾格公爵的新經濟政策抱持期待也不一定。

「接下來將進行最後一次投票！」

第三次投票開始，儘管這次也馬上開票和計算票數，但結果讓議場內的許多人都嘆了口氣。

大公爵兩百六十七票，紐倫貝爾格公爵兩百二十三票。

雖然結果和一開始預測的一樣，但這證明紐倫貝爾格公爵的人氣也不可小看。

「這樣這次的皇帝，也必須謹慎地對待紐倫貝爾格公爵。」

觀摩席的修伯翠伯爵等人，將這出乎意料的結果列入報告書的草案。

年輕又偏激的紐倫貝爾格公爵勢力上漲，應該讓他們產生了警戒。

畢竟他是個南進論者。

「因為他還年輕，所以可能會參加下次的皇帝選舉。」

「不是沒有這個可能性。」

話雖如此，那個威脅也是幾十年以後的事情，要負責應付的也是那時候的赫爾穆特王國。

就算現在開始在意也沒用，我們發自內心希望即位儀式能早點結束，好返回自己的領地。

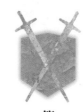

第九話　騷動的夜晚

「總覺得無法釋懷。」

「為什麼？」

距離威廉十四世突然去世已經過了十一天，新皇帝的即位儀式按照預定進行。

忙著準備儀式的泰蕾絲大人昨天也沒回迎賓館，但最後似乎還是趕上了。

我們也有被招待參加，儀式嚴肅地進行。

議員和教會的有力人士也有參加，新皇帝阿卡特十七世正式即位。

皇位在隔了三代後重返中央皇家手中，巴迪修市民也非常高興。

因為儀式結束後有舉辦遊行，所以許多人都擠在路邊。

這並不表示上任陛下治理得不好，只是無論哪個世界或國家，都有類似的地盤意識。

「不是啦。是關於紐倫貝爾格公爵……」

在第三次投票與大公爵戰得勢均力敵的紐倫貝爾格公爵。他的奮戰，或許正是這個安定但感覺有點封閉的帝國想要追求變化的象徵。

所以在只剩兩名候選人時，才會出乎意料地演變成勢均力敵的狀況。

「因為皇帝選舉的規則就是這樣，所以也只能下次再挑戰了。」

布蘭塔克先生說得沒錯。

因為這個國家的皇帝也能退休，紐倫貝爾格公爵或許勉強還有機會參加下次的皇帝選舉。

不過由於也有可能來不及，因此他應該相當懊悔吧。

然而他仍一如往常地擺出磊落的態度，毫不猶豫地向新皇帝宣示效忠。

雖然也可以認為他另有所圖，但我莫名地感到難以釋懷。

他應該是想當上皇帝。

而且支持他的人也比想像中多。

最後如同之前的輿論是由大公爵家的人當選皇帝，而他也表現得看似毫無悔恨，這反而讓我感到疑問。

「又不是小孩子了，就算鬧脾氣也沒用。」

「不過如果是普通人，應該多少會透露出類似的態度或表情。」

「他應該是有辦法隱藏那些情緒的人才。」

布蘭塔克先生不自覺地說出了真心話。

這個不祥的預感終究只是我的直覺，也或許是類似妄想的東西。

即使如此，要是他能稍微展現出懊悔或懷恨的一面，我也不會如此不安。

「反正無論如何，新皇帝都已經確定了。因為今年親善訪問團的行程中途就中止了，所以明年應該會重新組織。雖然不曉得我們會不會再次被召集。」

我們已經展示過魔法，所以其實沒有再找我們來的必要。

但有魔法師在場面會比較盛大，因此我們還是有可能會再次被召集。

「只要再忍耐三天就好。即位儀式結束後，與娛樂有關的店家也會重新營業。買點不錯的土產回去吧。」

儀式結束後的那三天，我們無事可做，所以都把時間花在遊覽巴迪修和買土產上面，然後明天總算能回赫爾穆特王國了。

「威德林啊，你不能早點和本宮交合嗎？」

「威德林大人忙著和我們交合！」

泰蕾絲大人還是一樣會跑來誘惑我，但總是被艾莉絲她們巧妙地應付過去。

艾莉絲昨晚的語氣更是怒火十足，完全無法和平常的她聯想在一起。

就連伊娜她們都領悟到「要是真的惹艾莉絲生氣會很可怕」。

在帝國的最後一晚，因為隔天就要回國，所以我正常地回房間就寢，但之後忽然被陌生的聲音吵醒。

現在還是半夜，外面也一片漆黑，但窗外傳來某種類似金屬敲擊的聲音。

我從床上起身往外面一看，發現有許多士兵衝進了皇宮。

與此同時，這個迎賓館似乎也被一群穿著金屬鎧甲的騎士與士兵們包圍。

「這是怎麼回事?」

該不會是想抹殺親善訪問團向王國宣戰吧?

不對,除此之外,還有另一個可能性。

「是政變吧。」

「在這種時候?」

「是的。」

艾莉絲打開房門走了進來,並說出目前預想得到的最壞狀況。

既然這個國家都能靠選舉來決定皇帝了,那對結果不滿的其他候選人該不會也經常發動政變吧?

雖然這是他們的自由,但至少也別挑鄰國的親善訪問團來訪的時候吧。

「快去準備。」

「好的!」

敵兵隨時都有可能闖進來。

我快速換好衣服,將所有行李都扔進魔法袋。

艾莉絲也已經換好修道服,握緊慣用的權杖。

「外面都是敵兵。」

「與其說是敵兵,不如說是政變軍。他們會與我們為敵嗎?」

「如果他們想抓我們,就直接反擊。」

接著伊娜、露易絲和薇爾瑪也在做好準備後進來了。
「威德林先生，他們的行動莫名地有效率，看來帝國軍也有參與。」
「那主謀是誰？」
「這還用說嗎？」
接著和平常一樣穿著像禮服的裝備的卡特琳娜，以及穿著長袍的布蘭塔克先生也進來了。
「果然是紐倫貝爾格公爵嗎？」
「除了他以外，其他人都沒有動機。」
提倡增強軍備和將來要南進的年輕野心家，紐倫貝爾格公爵。
眼神宛如老鷹般銳利的他，在演說時曾經看向我。
看來我對他的南進政策是個阻礙。
畢竟在正常情況下，是不可能犯下對我們這些外國人士出手的愚行。
「如果被抓到，應該是不會有什麼好下場。」
「可能會被當成逼王國承認政變政權的人質。」
我和布蘭塔克先生的意見一致。
修爾翠伯爵他們也一樣可能被當成人質，但我們現在自顧不暇，根本就沒餘力擔心他們。
「收拾行李逃跑吧。」
「在下也贊成！」

導師最後一個現身，我們一起走出房間後，發現走廊上倒了幾個失去意識的士兵。

看來是想逮捕我們的士兵正好遇見導師，然後就被擊倒了。

雖然他還是一樣強，但光靠這點人數，原本就不可能制伏得了我們。

「話說修爾翠伯爵他們呢？」

「鄰館也有士兵闖入。修爾翠伯爵他們是文官，所以應該被抓了吧。」

儘管有護衛在，但一個貴族只有幾名護衛，就算抵抗也是白費工夫。

這麼一來，他們應該被殺或是被抓了吧。

「你該不會想去救他們吧？」

「不，不可能吧。」

我馬上否定導師的問題。

只要看包圍迎賓館和皇宮的士兵數量，就知道不可能。

而且每個貴族在參加親善訪問團時，就必須做好這樣的覺悟。

譴責無力救援的人，實在是太沒道理了。

「唉，反正只要用『瞬間移動』就能馬上逃跑了。唔！」

「伯爵大人，怎麼了？」

由於所有人都已經準備好了，因此我本來打算使用「瞬間移動」的魔法，但我的頭突然痛了起來。

「魔法被妨礙了？」

我再次使用「瞬間移動」的魔法，但頭部再次產生劇痛。
只要我一試圖發動魔法，腦袋就會痛得像要裂開。
「你該不會無法使用魔法？」
「不能使用魔法？在下倒是可以使用。」
導師正常地將魔力灌注到拳頭裡，打倒衝進來的士兵。
「這是怎麼回事？」
「找到鮑麥斯特伯爵了！」
「我果然成了他們的目標……」
大概是因為先衝進來的夥伴沒有回去。
幾名騎士和士兵拔出劍朝我們逼近。
「這是正當防衛喔。」
「唔……」
我沒有使用「區域震撼」，而是毫不留情地用「電擊」魔法讓他們失去意識。
因為我沒有調整威力，所以他們可能已經死了，但我沒有那個餘裕。
「咦？可以使用魔法？」
「看來只有一部分的魔法受到限制。」
「一部分的魔法？」

布蘭塔克先生用手按住頭，看來他也感受到相同的疼痛。

「我本來想試試看用『飛翔』……」

移動類的魔法似乎全都被妨礙了。

頭部的劇烈疼痛，讓人無法發動魔法。

「嗯——通訊類的魔法道具也無法使用。」

因為是緊急狀況，所以導師本來想用魔導行動通訊機聯絡陛下，但似乎也完全連不上。

我試著使用自己的魔導行動通訊機，但也完全無效。

「是無法針對所有魔法，但能夠妨礙特定種類魔法的魔法道具嗎？」

根據布蘭塔克先生的推測，雖然那種魔法道具能妨礙的魔法種類不多，但或許能針對一定程度的範圍發揮效果。

感覺是很厲害的超文明遺物。

赫爾穆特王國也埋藏著許多古代魔法文明時代的遺產，因此阿卡特神聖帝國當然也有相同的東西。

「這表示……」

只要是在阿卡特神聖帝國的首都中心，就完全無法使用移動或通訊系統的魔法和魔法道具。

看來還是認為我們之前搭乘的魔導飛行船也無法啟動比較好。

「在那之前，應該已經被敵軍鎮壓了吧？」

事情應該就像艾莉絲說的那樣。

精銳的紐倫貝爾格公爵家諸侯軍和大部分的國軍勢力，正在妨礙通訊和鎮壓巴迪修中的重要據點和人物。

現在連皇宮都被士兵入侵，新皇帝阿卡特十七世的所在位置和生死都不明。

雖然我不太清楚其他國家的詳細政治、軍事狀況，但真虧他能發動這麼漂亮的政變。

大概是之前就有考慮到可能會在皇帝選舉時落敗，並祕密進行準備吧。

「伯爵大人。反正那都是其他國家的人。」

布蘭塔克先生說得沒錯，他們終究是其他國家的人。

比起祈禱他們平安，更應該以自己的安全為優先。

「只能逃跑了。」

雖然沒有交通工具會很辛苦，但現在也只能先逃跑了。

既然主謀對我抱持警戒，要是就這樣被抓到一定不會有什麼好下場。

「雖然不太想這麼說，但我們這邊畢竟有女性。」

紐倫貝爾格公爵只因為沒當上皇帝就策劃政變，實在無法期待能和他講道理。

他可能只把我們當成打造新國家的犧牲品。

即使紐倫貝爾格公爵是個理智的人，也難保他的想法能順利傳達給底下的人。

「總而言之，先逃離這個有奇怪的魔法妨礙的地方吧。」

「也只能這樣了。」

現在必須以我自己和艾莉絲他們的安全為優先。

我從魔法袋裡拿出魔杖。

雖然我不需要魔杖，但對一般人來說，魔法師使用的魔法是很大的威脅。

只要看見魔杖就有可能膽怯。

即使將他們全部打倒，也不會獲得經驗值或金錢。

拖太久可能會被大軍包圍，現在必須盡快逃離這裡。

「要全力逃跑囉，不管發生什麼事，大家都別猶豫喔？不管是再怎麼厲害的人，只要一退縮就會輕易被比自己弱小的傢伙殺掉。」

「艾莉絲的治癒魔法是逃亡時最重要的技能，所以必須以她的安全為最優先！就算受了重傷，只要艾莉絲在就能治好！」

布蘭塔克先生和導師的表情變成戰鬥模式，向我們下達指示。

不愧是厲害的前冒險者，他們的心態轉換得真快。

雖然很少聽他們提起，但兩人似乎也有對人戰的經驗。

「艾爾，沒問題吧？」

「威爾才是沒問題吧？」

「勉勉強強。」

總之必須緊急逃離這裡。我們擊倒擋路的士兵，準備離開迎賓館。

導師用灌注魔力的拳頭打飛敵軍，我和布蘭塔克先生用「雷擊」讓他們失去意識。艾爾的劍也被大量鮮血染紅。

看來我們似乎是敵人的重點目標，因此被迫面對許多敵兵。

現在沒空考慮對方的生死。

「伊娜呢？」

「也只能上了吧！誰知道被抓到後會怎麼樣。」

「露易絲呢？」

「魔鬥流原本就是戰場格鬥技。沒有理由猶豫。」

「薇爾瑪。」

「我之所以成為威爾大人的妻子，就是為了這種時候。我沒問題。」

「卡特琳娜呢？」

「要是死在這裡，好不容易復興的威格爾家就會化為泡影。只能硬著頭皮上了。」

看來大家都已經各自做好覺悟。

最後我向艾莉絲確認。

「現在時間寶貴。我們快點走吧。」

「我知道了。」

我們一面警戒周圍，同時準備從迎賓館的後門逃向巴迪修市區。

然而我們一下樓，就發現走廊已經被大量士兵占據。

「可惡的托拉司！逮捕鮑麥斯特伯爵一行人的行動失敗了嗎？」

「那當然。如果想抓我們，那些人數也未免太少了。」

話一說完，布蘭塔克先生就接連放出「雷擊」。

被打中的士兵們瞬間麻痺，當場倒下。

「唉，大概就是這樣吧？」

我也跟著放出「雷擊」，導師則是接連擊倒離自己最近的士兵。

卡特琳娜使用「疾風」魔法將士兵吹到牆壁上。

露易絲則是像之前面對魔像大軍時那樣在空中跳來跳去，攻擊敵兵的頭部將他們擊倒。

艾爾、伊娜和薇爾瑪也各自揮舞武器，將許多敵兵打倒在地。

「嘿嘿，真是輕鬆……才怪。這人數也太多了吧。」

雖然我們打倒了許多敵兵，但對方似乎早就預料到這些損害，不斷調派援軍過來。

若繼續在這裡戰鬥下去，遲早會因為體力消耗殆盡而倒下。

「看來最好還是直接逃跑。」

「其他魔法師呢？」

「沒時間管他們了。再怎麼說都是魔法師，應該要自己想辦法。」

布蘭塔克先生嚴厲地對卡特琳娜如此說道，目前還不曉得其他魔法師的行蹤。

即使能使用強大的魔法，若遭到突襲還是有可能輕易被捕，因此無法否定這樣的可能性。

「紐倫貝爾格公爵到底在想什麼？」

正常來講，應該要軟禁赫爾穆特王國的人，避免對他們出手。

然而他們卻對我們出手了。

「一旦開戰，魔法師就會成為強力的棋子。所以他才想先討伐或逮捕他們吧！」

「明明就算政變成功，也無法馬上與王國開戰……」

雖然情況大概就像導師說的那樣，但即使別人做好了殘忍的覺悟，我們也沒空奉陪。

我們放棄救援同伴，決定立刻逃離迎賓館。

「是鮑麥斯特伯爵！」

「抓到就是大功一件！」

「真受歡迎呢。」

「阿姆斯壯子爵也在！殺了他！」

「導師也很受歡迎呢。」

「在下是受女性和小孩歡迎的男人！」

真不曉得他是在開玩笑還是認真的？

導師在說話的同時，也用蘊含魔力的拳頭接連打倒士兵。
他接連製造出運氣好是失去意識，運氣不好就會因為骨折而痛得不斷呻吟的士兵。
「咿——！」
「怪物啊！」
雖然被他的強悍嚇到的士兵胡亂揮舞手中的劍，但就連那些劍都被導師的拳頭輕易打斷，士兵本人也被打到牆上失去意識。
「在下也有家人。要是打死你就抱歉了。」
儘管導師向貫穿木牆後失去意識的敵兵道歉，但不曉得對方聽不聽得見。
「動作快。」
之後我們有效率地只打倒妨礙我們逃跑的敵兵。
我們連對方只是單純失去意識或死亡都沒時間確認，不斷前進。
「敵人絡繹不絕呢。」
「因為這裡就在首要目標的皇宮旁邊吧。」
一起揮舞劍與槍的艾爾和伊娜的武器，也已經被血染紅。
為了避免武器變鈍，兩人立刻用倒地士兵身上的衣服擦拭。
兩人意外地沒有動搖，抑或是沒有動搖的時間。
「那裡看起來防守最薄弱？快逃離這裡吧。」

我們從用來搬運物資和食材的後門跑出後院，在那裡發現至今一直不見蹤影的人物。

泰蕾絲大人正與五名家臣，和企圖阻止他們逃跑的敵兵纏鬥。

泰蕾絲大人這邊已經有兩人倒下，敵方也有四名士兵被打倒。

雖然他們英勇奮戰，但敵兵實在太多，根本逃不出去。

「我來幫忙。」

我用「雷擊」打倒集中在後門的士兵們。

「不好意思麻煩你了。」

身穿睡袍的泰蕾絲大人，拿著染血的劍向我道謝。

「是妳親自動手的嗎？」

「雖然本來不應該這麼做，但如果本宮不參戰，狀況會變得很嚴苛。關於劍術，本宮在小時候也接受過最低限度的鍛鍊。」

既然上面有染血，表示她至少砍倒了一個人。看來泰蕾絲大人的劍術似乎比我還好。

「也給艾莉絲大人添麻煩了。」

「請別在意。他們應該還有救。」

艾莉絲替倒下的泰蕾絲大人的家臣們使用治癒魔法。

「……得、得救了。」

「泰蕾絲大人，非常抱歉。是我們太大意了。」

「別放在心上。你們是為了保護本宮才會負傷。這是種榮譽。」
他們順利起身後，向艾莉絲道謝。
代替自己被砍是種榮譽啊。貴族大人真會對家臣們說話。
身為一個貴族，她果然也擁有不可小看的領袖氣質與能力。
「那麼，我們快逃吧。威德林無法用魔法逃跑嗎？」
「泰蕾絲大人，其實……」
我告訴泰蕾絲大人現在通訊和移動系的魔法都被封印，她的表情有一瞬間變得陰暗。
之所以只有一瞬間，是因為若現在連地位最高的自己都露出不安的表情，會為家臣們帶來動搖吧。
「真是神奇……那就無法期待友軍的支援了。」
政變軍趁敵人失去聯絡手段時發動奇襲。
泰蕾絲大人推測巴迪修內的重要據點，應該都已經在這波攻勢下淪陷了。
「不過他們的士兵被分散到各個重要據點了。即使他們事先就知道無法通訊，紐倫貝爾格公爵家諸侯軍也確實有許多精銳，但只靠傳令聯絡應該還是會有漏洞……」
敵人不可能有辦法徹底鎮壓巴迪修。
泰蕾絲大人向我們說明只要逃到市區內，就有機會逃亡到北方的菲利浦公爵領地。
「那我們往南走。」

「很遺憾，南方是紐倫貝爾格公爵領地。而且南方的貴族也很可疑。」

他們有可能也參與了這次的政變，想靠徒步或馬車逃跑應該非常困難。

「只要能逃到我的菲利浦公爵領地就能確保安全。我們搶輛馬車逃跑吧。」

從巴迪修通往菲利浦公爵領地的北方街道都有經過整頓，只要有輛大型馬車，就能利用馬車逃跑。

「也只剩這個辦法了……」

「那我們走吧。」

一走出迎賓館，泰蕾絲大人就按照剛才的方針，帶我們走下水道。

「比起在市區亂晃，還是下水道比較安全吧？」

「您居然知道這種路。」

「所謂的貴族，就是要能應對這種緊急狀況。」

她似乎平常就會叫領路的家臣調查發生緊急狀況時的逃生路線。

泰蕾絲大人果然是個遠比我優秀的貴族。

「再過不久就到馬車的停靠處了。」

雖然下水道裡充滿老鼠的臭味，但即使是政變軍，也沒有餘裕派士兵巡視這裡。

我們沒遭遇任何敵兵就直接抵達地面，但事情果然沒那麼容易。

那裡駐守了許多敵兵。

此外……

「哎呀，堂堂鮑麥斯特伯爵大人，居然在模仿下水道的老鼠？」

穿著紅色長袍的魔法四兄弟長男，艾因斯也在那裡。

「你也贊同政變嗎？」

泰蕾絲大人露出苦澀的表情。

「紐倫貝爾格公爵願意任命我為首席魔導師！所以我當然要背叛帝國！」

艾因斯的語氣突然改變。

不對，這應該才是他的本性吧。

明明從小就待在皇宮，卻成長為這麼粗俗的傢伙。

「我還是覺得巴特森大人比較適合當首席魔導師。」

因為我討厭艾因斯，所以刻意像這樣挑釁他。

雖然魔力方面應該是艾因斯比較強，但巴特森先生不論是知識、經驗或人品都遠遠勝過艾因斯。

被人認為比不上巴特森先生，讓艾因斯的臉上瞬間流露出怒氣。

「的確。巴特森或許比我適任，不過已經死掉的傢伙應該無法就任吧？」

艾因斯笑著將某樣東西丟到我們面前。

「咿！」

「該不會……」

艾莉絲她們慘叫了一聲。

艾因斯丟過來的東西，正是巴特森先生的頭顱。

「是你殺的嗎？」

「沒錯，是我殺的！只要魔法師變少，我們的價值就會相對提升！現在本大爺才是首席魔導師！」

「巴特森居然被你這種貨色……？」

布蘭塔克先生以我們從來沒看過的蒼白表情逼問艾因斯。

「雖然我的魔力比他多一點，但並沒有太大的差距，所以我稍微使了一點小伎倆。」

「沒錯，我們四人一起去報告紐倫貝爾格公爵叛亂的事情。」

「然後趁他驚訝的時候從死角用刀子刺死了他。」

「只要沒使用魔法，那種老頭根本不是我們的對手。要是那老頭早點退休，將位子讓給我們就好了！就是因為緊抓著地位不放，才會喪失性命。」

分別穿著藍色、黃色與綠色長袍的札維、德萊和菲亞也從艾因斯背後現身。

雖然他們打扮得像戰隊英雄，但舉止根本就是反派。

他們只讓我覺得厭惡。

「你們這些傢伙！」

「老頭，要是太生氣，可能會因為腦袋的血管爆開而倒下喔。」

「那個老頭是因為太弱才會被殺。」
「放心吧，你馬上就會隨他而去。」
「老頭子們還是一起在地獄喝茶吧。」
菲亞以戲謔的語氣嘲笑激動的布蘭塔克先生，其他三人也跟著發出低俗的笑聲。
「布蘭塔克先生，鎮定點。」
我輕聲向布蘭塔克先生說道。
「抱歉。我一時失去理智。」
布蘭塔克先生在聽見我的聲音後馬上回過神，恢復冷靜的表情。
「而且反正那些傢伙馬上就要死了，就當作是稍微聽一下他們有什麼遺言吧。」
「鮑麥斯特伯爵，你剛才有說話嗎？」
「有喔。這麼年輕就重聽啊？我說你們馬上就會死得很悽慘。」
我甚至不覺得就這樣殺掉優秀的魔法師很可惜。
反正是其他國家的魔法師，而且這些傢伙的個性真的非常差勁。
我有預感，如果不趁這時候殺掉他們，他們之後一定會對我的人生構成阻礙。
要手下留情到只剝奪他們的戰鬥能力也很困難，為了避免自己大意，只能殺掉他們了。
「真是有趣的玩笑！」
「要死的人是你！」

「居然和一堆女人卿卿我我。」

「等殺了你後，我們會好好疼愛她們直到她們死去為止，所以你就放心地去死吧。」

「真是的。你們真的有好好在皇宮接受教育嗎？」

我已經超越憤怒，只剩下驚訝而已。

大概是因為太有才能，所以才被特別溺愛吧。

「唉，隨便怎樣都好。殺爛人也比較沒有罪惡感。」

「哈！你以為自己贏得了我們四個人嗎！」

在艾因斯大放厥詞的瞬間，狀況已經產生改變。

首先，是導師在用魔法強化身體機能後，瞬間移動到穿著藍色長袍的札維面前，將他一拳擊倒。

接著幾乎同一時間，露易絲也移動到穿著黃色長袍的德萊面前，對他揮出灌注大量魔力的正拳。

雖然德萊勉強用「魔法障壁」抵擋，但他的「魔法障壁」馬上就像玻璃一般，被露易絲威力集中的拳頭擊破。為了重新張開「魔法障壁」而往前伸的雙手手掌也遭到粉碎，露易絲的拳頭甚至貫穿擁有強大魔法防禦力的長袍直接擊中德萊的腹部，感覺似乎能聽見他的肋骨斷裂的聲音。

腹部受到嚴重傷害的德萊，無力地倒向地面。

「咿！」

「怪物啊！」

「我明明這麼可愛，到底哪裡像怪物。」

德萊倒地後便動也不動。即使還活著，應該也是時間的問題。
戰鬥力最強的兩名魔法師突然被導師和露易絲打倒，讓他們後方的士兵們害怕得發出慘叫。
不過他們能大喊的時間也不長。
因為他們馬上就被龍捲風包圍，捲到上空。
那是卡特琳娜擅長的「龍捲」魔法。
「我是個淑女，所以不打算陪伴威德林先生以外的男性。」
艾因斯的手下們不到一秒，就被殘忍地擊潰。
他慌張地以求助般的視線望向唯一倖存的菲亞，但後者也已經不在人世。
穿著綠色長袍的他身上出現一道斜切的巨大傷口，然後噴著鮮血倒下。
「活該。」
一擊打倒菲亞的，是已經耗盡大半魔力的布蘭塔克先生。
「怎麼會這樣！菲亞的魔力明明也比你高！」
「沒錯。不過要是我的魔力在這時候耗盡會很麻煩，所以我才全力施展魔法。」
為了避免失去意識，布蘭塔克先生用所剩無幾的備用魔晶石補充魔力，同時對艾因斯露出得意的表情。
「明明自己也是靠突襲殺害巴特森，還囉哩囉唆地講這麼多話。」
無論魔法技術再怎麼優秀，若在使用前就被殺掉也沒有意義。

忘記導師和露易絲身為魔法師的特性，驕傲地大放厥詞的艾因斯，打從一開始就沒有勝算。

「現在只剩下你一個人了。」

「咿——！」

「你的好兄弟們都死光了，你也下地獄去陪他們吧。」

「咿——！」

我一往前踏出腳步，艾因斯就嚇得絆倒在地，倒退著逃跑。

但他馬上就被其他東西擋住，並在回頭一看後嚇得板起臉。

艾因斯是被自己兄弟和士兵們的屍體擋住了去路。

「只想自己逃跑會不會太無情了。」

「咿！」

艾因斯長袍的兩腿之間開始變濕，看來他似乎怕得失禁了。

「就算只被一個人逃掉也會很麻煩。艾因斯，你在死前嚇得失禁的事情我會替你保密，所以你就安心上路吧。」

「別開玩笑了——！」

艾因斯鼓起勇氣，在自己頭上做出直徑約一公尺的巨大火球。

「你們都乖乖被我燒死吧——！」

「沒用的。」

事到如今，他居然還在保留魔力的情況下使用魔法。
如果想逆轉這個狀況，就應該像布蘭塔克先生那樣一次賭上所有的魔力才對。
我馬上用魔法做出水球，抵銷艾因斯的火球，然後瞬間做出直徑約三公尺大的火球，丟向艾因斯的頭頂。
「居然比我的火球還大，為什麼——？」
「別問我。去問另一個世界的神吧。」
艾因斯張開「魔法障壁」做最後的抵抗，但我再次灌注魔力強行突破。
艾因斯在失去屏障後被火球吞噬，與慘叫聲一起被火球吞沒。
同時其他的屍體也跟著被燒毀，等火球消失後，那裡只剩下燒焦的地面。
「呼……那我們走吧。」
半夜突然被吵醒，外加連續面對不習慣的對人戰鬥令我疲憊不堪，但現在天還沒亮。明明今天才剛開始，真是折騰的一天。
因為光是回想就可能讓人感到非常沮喪，因此我努力將意識集中在該如何逃跑上。
「各位，快上空的馬車！」
我們馬上在旁邊發現一輛能容納十幾個人的大型馬車，於是便所有人一起搭上去。
泰蕾絲大人的家臣坐在車夫席上，我則是為了排除前方的敵人坐在他的旁邊，最後由卡特琳娜負責警戒後方。

不擅長放出魔法的露易絲和導師，不適合防衛馬車。

布蘭塔克先生剩下的魔力不多，所以在車內專心回復魔力。

「那我們出發吧。」

「在那之前……」

我用魔法做出巨大的火球，扔向馬車的停靠處和馬廊。

幾十輛馬車和拉車用的馬接連被燒毀。

雖然感覺馬有點可憐，但要是敵人用牠們追擊，可能會害我們的逃跑行動失敗，所以這也是無可奈何。

這也是為了安全起見。

「鮑麥斯特伯爵！您怎麼能這麼做！」

然而坐在車夫席的年輕家臣對此似乎不太高興。

他激動地譴責我。

「有什麼不對嗎？」

「那些馬車和馬都是帝國重要的資產！」

馬車和馬都不便宜，跟魔導飛行船一樣，都是平民和商人們重要的代步工具。

他對我說「居然將這些東西都燒毀，您果然還是敵國的人」。

大概因為我是敵國的貴族，所以他才會囂張地對我說教，我靜靜地揪住他的胸口詢問：

「我可以問個問題嗎？雖然我們成功逃跑了，但就算讓菲利浦公爵他們死在這裡也沒關係嗎？」

「為什麼事情會變成那樣？」

或許是察覺我和家臣之間的氣氛不對勁，泰蕾絲大人和布蘭塔克先生立刻從馬車裡探出頭。

「怎麼了？」

「泰蕾絲大人！鮑麥斯特伯爵他！」

車夫席的家臣催促泰蕾絲大人看向被我燒毀的馬車和馬廊裡的馬。

「馬車是帝國的貴重資產，這麼做實在是太過分了！這該不會是赫爾穆特王國企圖對我國造成傷害的策略吧？」

我只是想摧毀追擊部隊的交通手段，結果卻被他說得好像我企圖加害阿卡特神聖帝國。

雖然他的說法讓我很不爽，但泰蕾絲大人什麼也沒說。

不如說，她似乎在等著看我會如何對應。

「（我受不了了！）」

這讓我有點動怒。

雖說是別國的貴族，但我還是不能對擔任選帝侯的公爵太過失禮，然而她不僅露骨地誘惑我惹艾莉絲她們生氣，還放任因為我們才獲救的家臣找我的碴。

我再也不想對他們客氣了。

反正她終究是別國的貴族。

「那你就陪那些可憐的馬車和馬一起死吧。」

我將車夫席的家臣推下馬車。

同時向泰蕾絲大人說道：

「泰蕾絲小姐——請妳下車吧。」

「怎麼突然說出這種過分的話。」

泰蕾絲大人並未特別動搖，充滿興趣地看著我。

「你們會礙事。」

「我不是說菲利浦公爵領地願意藏匿你們嗎？」

雖然這乍看之下是個好主意，但也可能是陷阱。

等脫離這個困境後，泰蕾絲大人就會領軍討伐紐倫貝爾格公爵，她應該是期待我們能夠充當戰力。

畢竟從那四兄弟來看，受雇於中央政府的高位魔法師們應該大多都投靠了政變軍。

她是為了與他們對抗，才會想將我們拉攏到菲利浦公爵領地。

「雖說是出於偶然，但我們還是拯救了你們這些不同國家的貴族，可是有些人似乎對此不太滿意。」

我看向被我推下馬車的家臣，後者依然以反抗的視線瞪著我。

「即使不去菲利浦公爵領地，只要正常避開紐倫貝爾格公爵領地南下，我們還是有辦法逃脫。」

紐倫貝爾格公爵為了讓政變成功，使用了某種魔法道具封鎖了移動和通訊類的魔法。
因為才剛選出新皇帝，所以仍有許多當家滯留在巴迪修，只要能控制住他們，許多貴族領地應該就會因為當家不在與無法通訊而癱瘓。
紐倫貝爾格公爵或許打算利用這點，迅速執行平定全國的作戰。
既然如此，如果只有我們往南逃跑，那能逃回赫爾穆特王國的機率也會比較高。
即使想逮捕我們，紐倫貝爾格公爵也不能派出太多兵力，為了將兵力集中在平定作戰上，或許南部的守備會變得意外薄弱。
不如說和泰蕾絲大人他們一起逃跑還比較困難。
「我們會自己設法回去，所以還請見諒。泰蕾絲小姐就靠自己的力量返回領地吧。至於從迎賓館的後門逃離，以及收拾那四兄弟的事情，就當作是祝賀吧。」
我和泰蕾絲大人之間瀰漫著緊張的氣息。
導師和布蘭塔克先生似乎都沒打算介入。
兩人都保持沉默。
「艾柏，你聽到了嗎？」
泰蕾絲大人向被我推落馬車的家臣搭話。
艾柏似乎是那個將我當成恐怖分子的家臣的名字。
「在這種緊急狀況下，帝國的資產不過是些瑣碎的問題。你看，都怪我們太無能，整個巴迪修都被紐倫貝爾格公爵和贊同他的那些笨蛋們的政變家家酒，鬧得一塌糊塗。」

政變軍似乎正分散兵力占據重要據點，並開始逮捕或殺害貴族，從這裡也能看見各處正竄出火苗。

「如果只有本宮和你們這些家臣，我們早在後門前面就被殺掉了。看來紐倫貝爾格公爵似乎想打造一個新皇帝擁有極大權力的國家。」

為了將來能夠南進，他想打造出一個擁有強大軍備，並被皇帝一手掌控的國家。

靠選舉選出皇帝對他來說根本是浪費時間，他想擊潰擁有龐大權力的選帝侯，增強中央的力量。

所以才會盯上泰蕾絲大人的性命。

「你剛才對幫助我們的恩人說的那些話，根本就是找錯對象了。」

「泰蕾絲大人！不可以欠其他國家的貴族人情！」

與其說是不能欠人情，不如說是不能表示出來。

這樣的一個人情，不曉得以後會被加上多少利息。雖然我不是不能理解這種心情，但他真的了解現在的狀況嗎？

「如果是平時就算了，但現在是非常時期。聽好囉？本宮和你們都必須依靠鮑麥斯特伯爵他們，才有辦法返回領地喔？」

「只要有我們在！」

「不能只靠幹勁和忠誠心來判斷做不做得到。本宮現在最該做的事情是什麼？是無論再怎麼難看或丟臉，都要活著逃回領地。」

「泰蕾絲大人……」

「如果你聽懂了，就快點和巴托爾德交換。時間寶貴。」

「……不，請讓我擔任車夫。」

坦白講我是希望能換人，因為當務之急就是要逃出巴迪修。

「不好意思，是本宮的家臣失禮了。若各位能帶本宮與家臣們返回領地，無論想要什麼回報都沒問題。」

只要對方一低頭就會覺得難以拒絕的我，果然還是太天真了嗎？

「如果又被帝國的資產擋住去路，還需要加以保留嗎？」

我姑且先對泰蕾絲大人提出警告。

明明是為了排除敵人，要是又因為破壞帝國的設施或資產而被當成恐怖分子，會讓人覺得很不舒服，而且對方之後也可能會利用這點來找碴。

「我們沒有那種餘裕，不如說必須要全部殲滅。」

「為什麼？」

「要是被人知道我們逃跑的路線，會引來更多追兵。」

北方的幹道，似乎不只直通菲利浦公爵領地的路線。

途中還分出許多支線，能夠藉由通過其他都市或貴族領地前往菲利浦公爵領地。

雖然中央的路線距離最短，但那裡當然會有追兵。

既然如此，還是走其他支線比較能減少追兵。

就算是紐倫貝爾格公爵，也無法輕易預測出我們會透過哪條支線返回菲利浦公爵領地。只要繞點路，追兵自然也會變少。

「聽到了吧，艾柏。你還是祈禱擋住我們去路的國家資產，沒有因為你剛才那些廢話增加吧。」

「唔！」

「要是你氣得想背叛，隨時都能跟我說。我會當場把你推下車。」

「請別這樣欺負他。艾柏只是正義感有點強烈罷了。不過你的情緒是不是因為實戰而變得有點高昂。」

我也有發現自己的情緒高昂到變得有點粗暴，但我現在沒有平復心情的餘裕。

「那麼，這是為了讓你冷靜下來與報酬的訂金。你就好好加油吧。」

話還沒說完，泰蕾絲大人就將自己的嘴唇貼上我的嘴唇。

這個突如其來的吻，讓我完全來不及反應。

艾柏和布蘭塔克先生也驚訝得說不出話來。

「那我們快出發吧。」

「我什麼都沒看見。我什麼都沒看見……」

大概是看見了太驚人的場景吧。

艾柏不斷輕聲嘟囔，駕駛馬車前進。

在街道上前進一段時間後，果然碰上了負責盤查的部隊。

他們一發現我們的馬車，馬上就過來阻止。

「雖然這是國家的資產，但你打算怎麼辦？」

「泰蕾絲大人的命令比什麼都要優先！」

看來我好像把他欺負得太過頭了。

名叫艾柏的家臣用力抽了馬匹一鞭，加快馬車的速度，企圖強行突破盤查。

「停下來！」

全副武裝的士兵們擋住我們的去路，但我必須排除所有抵抗。畢竟不能留下可能會被特定出逃跑路線的風險。

我用魔法在那些士兵站的地方升起「火柱」。

以我設定的溫度與威力，人類絕對無法活命，士兵們的身體馬上著火，他們邊慘叫邊在地上打滾。

雖然有些人粗暴地想脫下身上發燙的金屬鎧甲，但他們馬上就安靜下來，最後現場只剩下冒煙的焦黑屍體。

「不能留下倖存者。」

為免妨礙馬車通行，我用風魔法將化為焦炭的士兵屍體吹到路邊，讓馬車維持原速前進。

艾柏似乎又想說些什麼，但最後還是閉上嘴巴專心駕駛馬車。

「想抱怨的話，就去找那個只因為沒選上皇帝，就引發政變的瘋狗抱怨吧。」

我說的瘋狗，當然就是指紐倫貝爾格公爵。

雖然之前在那個男人瞪我時，我就有不祥的預感，但看來那個預感靈驗了。

「話說要走哪條路線？」

「我們會經過『瑞穗伯國』。」

「『瑞穗伯國』？」

「那是個擁有獨特文化，由古代民族統治的自治領地。他們過去在對抗帝國的入侵時，曾為帝國帶來沉重的打擊，因為與他們為敵會很棘手，所以帝國之後便直接授予他們的領主上級伯爵的爵位。他們僅將外交權委託給帝國管理，被視為帝國的保護國。」

雖然艾柏對我有所不滿，但還是細心地為我說明了瑞穗伯國的狀況。

大概是將這視為工作吧。

「我們在那裡稍事休息後，就會前往菲利浦公爵領地。那個國家算是半獨立國，所以紐倫貝爾格公爵應該也還沒對那裡出手。」

脫離巴迪修後，我們一路搭著馬車前往北方的瑞穗伯國。

卷末附錄　新女僕教育日記

「吶，蕾亞。」

「什麼事，爸爸？」

「妳就快要成年了，作為新娘教育的一部分，妳必須要開始工作。雖然妳好像有在找工作，但妳有目標嗎？」

「爸爸，我想去蛋糕店工作。」

「蛋糕店？」

「是的，這樣就可以吃賣剩的蛋糕了吧。」

「……多米妮克，雖然我很感謝妳的推薦，但蕾亞真的能勝任鮑麥斯特伯爵家的女僕嗎？」

我的名字叫多米妮克。

目前正侍奉於鮑麥斯特伯爵家。

因為我現在的工作，就是負責照顧成為鮑麥斯特伯爵大人正妻的艾莉絲大人。

我和艾莉絲大人是青梅竹馬，多虧了這層關係，我現在才有幸在艾莉絲大人的身邊侍奉她。

艾莉絲大人的丈夫鮑麥斯特伯爵大人，是從騎士爵家的八男攀升到伯爵大人的偉大魔法師。

雖然連國王陛下都認同他的實力，但由於他是在極短的期間內飛黃騰達，因此非常欠缺一般大貴族家本來就有的家臣、傭人和女僕。

因為不能隨便找外人充數，所以艾莉絲希望我能幫忙推薦能夠信賴的人。

於是我便為了推薦表妹蕾亞，前往舅舅家拜訪。

雖然蕾亞平常是那個樣子，但作為女僕的素質應該是無可挑剔。

唯一會造成問題的那張嘴巴，只要由我來親自教育就沒問題了。

「如果能和多米妮克姊一起工作，那我就要做！」

「我的指導很嚴厲喔。」

「不會因為是親戚就偏心對吧。那正合我意。」

蕾亞本性善良，只要好好教育，應該能成為一個好女僕。

「鮑麥斯特伯爵家似乎有很多優秀的夫婿人選，我要努力和帥氣的人結婚。」

「……哼！」

「多米妮克姊，這樣很痛耶……」

「多米妮克，請妳嚴厲地指導她。」

獲得舅舅的許可後，我便帶著蕾亞前往鮑麥斯特伯爵領地。

「多米妮克姊，大概像這樣可以嗎？」

託艾莉絲大人的福，我和蕾亞能在離主人非常近的地方工作。

我們今天要烤當成點心的塔。

雖然平常都是由艾莉絲大人親自製作，但在她很忙時就由我來代勞。

因為是要讓主人吃下肚的東西，所以我的工作就是回應他們的信任。

「主人對食物很挑。如果做的東西太難吃，就會被革職。」

「我會努力。」

蕾亞的手果然很巧。

她的資質也好到讓人難以想像她當初想去蛋糕店工作的理由，居然是因為想吃店裡剩下的東西。

「會用到蜂蜜和魔之森產的大量水果啊。真是奢侈。」

這些稀奇的水果是來自魔之森，蜂蜜則是鮑麥斯特伯爵大人的哥哥送的禮物。

「蜂蜜水果塔。這道甜點之後應該會被加進鮑麥斯特伯爵家的固定菜單吧。」

因為這也會成為將來招待造訪鮑麥斯特伯爵家的眾多貴賓的點心雛形，所以必須好好製作。

「聽懂了嗎，蕾亞？」

「是的，如果有剩下，那我們也能吃吧。」

「……哼！」

「好痛……前年生日吃到的好吃蛋糕的記憶……」

「妳這不是還記得嗎……」

不如說真虧她還沒忘記。

「我會非常努力製作！」

有幹勁是件好事。

蕾亞總算也產生作為女僕的責任感……

「主人將會被我做的蛋糕感動，然後看上做蛋糕的我……爸爸也說過會做料理的女人比較有利

……多米妮克姊，我會好好加油！」

「哼！」

我馬上賞了蕾亞頭頂一拳。

「好痛……七歲時和家人去看馬戲團的記憶……」

「妳這不是還記得嗎？」

看來教育蕾亞的事情，還得再花上不少時間……

國家圖書館出版品預行編目(CIP)資料

八男?別鬧了! / Y.A作 ; 李文軒譯. -- 初版. -- 臺北市 : 臺灣角川, 2017.03-
冊 ; 公分
譯自 : 八男って、それはないでしょう!
ISBN 978-986-473-590-7(第8冊 : 平裝)

861.57 106001111

Kadokawa
Fantastic
Novels

八男？別鬧了！ 8

（原著名：八男って、それはないでしょう！8）

2017年3月27日　初版第1刷發行

作　者：Y・A
插　畫：藤ちょこ
譯　者：李文軒

發 行 人：成田聖
總 編 輯：蔡佩芬
主　編：吳欣怡
文字編輯：黎夢萍
資深設計指導：黃珮君
美術設計：黃永漢
印　務：李明修（主任）、張加恩、黎宇凡、潘尚琪

發 行 所：台灣角川股份有限公司
地　址：105台北市光復北路11巷44號5樓
電　話：（02）2747-2433
傳　真：（02）2747-2558
網　址：http://www.kadokawa.com.tw
劃撥帳戶：台灣角川股份有限公司
劃撥帳號：19487412
法律顧問：寰瀛法律事務所
製　版：巨茂科技印刷有限公司
ISBN：978-986-473-590-7
香港代理：香港角川有限公司
地　址：香港新界葵涌興芳路223號新都會廣場第2座17樓 1701-02A室
電　話：（852）3653-2888
